神撫《かんなで》

Toshikatsu Takagi

高木敏克

澪標

目次

カフカ旅団　3
アヴェ・マリア　33
レゾン・デートル　55
等高線　73
箱工場　91
神撫《かんなで》　119
あとがき　198

装　幀　森本良成
イラスト　高木敏克

カフカ旅団

地下鉄海岸線の改札を出ると僕はまっすぐ西に向かって歩いていった。広めの地下道だが、少し天井は低く人を急かせる圧迫感があった。速足で歩くと足音は消えて滑るように進めた。ところがピタピタと迫ってくる足音がきこえたかと思ったら、小さな声で「タカギさん」と呼ばれた気がした。あわてて振り向くと、僕の肩ほどの背丈のグレーのスーツ姿の男がうつむいて歩いていた。顔全体がマスクにおおわれていて、しょぼくれた目しか見えない。男はさらに速度をあげて目の前を一直線に先回りし、その先で待ち伏せする勢いだ。あるいはこの男は競歩の相手を勝手に選んだだけかもしれない。案の定、小男は十五メートルほど先で少しだけ身体をひねり僕をたしかめた。いや、ひねったのは首だけかもしれないが二度見した。そのしょぼくれた目には見覚えがない。でも、たしかに僕の名前を呼んだ。かなり自信に満ちて僕のことを知っている。罠なのかいたずらなのか、いずれにしろ最初に僕が振り向いたのはまずかったかもしれない。名前を呼ばれて返事をしたようなものだ。あきらかに僕は尾行されていて、その罠に引っかかった。それも、びくりと身をふるわせて自分の名前を認めてしまったのだから。そう寒くもないのに僕はコートの襟を立てて顔を伏せた。曲がり角で男は僕を待っているかもしれない。友達のいたずらなら良いが、友達のことを覚えてないと相手は怒るかもしれない。それよりも悲しめばよい。くだらないいたずらを悲しめばよい。

僕は「カフカ研究所」という看板を板でつくっていた。もし、不動産屋で適当な部屋がみつかれば、すぐにでも入り口に掛けられるように、釘の引っかかる穴まであけて新聞紙に包んで持ち歩いていた。ようやく見つけた部屋は事務所からそう遠くはない川沿いの道から路地に曲がるとすぐ右にある。

喫茶店の建物を見つけた時には鳥肌がたった。しかも「カフカ」という看板しかないので、レンガ造りの建物全体を自分のものにしたい気分になった。風の中の建物は大きな空をそこだけ切り取るように黒い影になり、三角の旗をなびかせて、そこに入るとどこにでも行けそうな波止場の建物だった。

ものは相談だと思いながら、店に入り、ノートパソコンを開いてコーヒーとサンドウィッチのセットを注文したらテーブルが一杯になった。落ち着いて相談したのはサンドウィッチの皿を片付けてもらう時だった。

「不動産屋さんで貸部屋を探しているのですが、二階のお部屋を見せていただきたいのですが、こういう看板をぶら下げたいのです」

新聞紙を広げると古めかしく苦労して自作した看板がでてきたが、おそらく、家賃を滞納して追い出されて、看板だけ抱えて逃げてきたと思われたに違いない。店は夜も開けているのに昼間に来るのはケチな証拠だった。

「この喫茶店の名前はカフカなんですよ。もちろん夜になるとスナックだけど、ちょっとこちらの立場も考えてくださいよ。オタクのカフカ研究所とちがって、うちのカフカは愛称ですのよ。わかります？　カフカにしようか、ポーにしようか迷ったんですけど、ここに来るお客さんが俳句をやっていて、喫茶店ポーだと韻がおかしくなるっておっしゃったものですからカフカにしたんです。わかります？　喫茶店が求めているのは意味じゃなくてイメージなんですよ。海辺のカフカのイメージですわ。俳句の先生もそうおっしゃってたわ。ポーではなんとも怖いイメージがあるし、カフカなら気難しいイメージがある。だから、どちらもやめなさいと俳句の先生はおっしゃったんですけど、決めるのは私でしょ、先生じゃないわ、といったら、最後に先生はどういったと思います。喫茶店Kにしなさいって、わたしはね、誰にもこのお店の名前も経営も取られたくないだけなんです。カフカ研究所だなんて絶対にダメだと思います。いや、ダメなんです。こまります」


僕は女店主の話を黙って聞いていた。彼女の端正な顔から流れてくる声はどこか変わっていた。サラリーマンの僕は、闇を含んだ不思議な香りに引き込まれた。運河沿いの倉庫街にこんな静かな空間があることは意外だった。ＫＡＦＫＡの看板がある建物には入り口が二つあった。正面の大きなドアは喫茶店の入り口で、その左の入口には二階と地階に階段がつづいていた。この小さな階段が賃貸用の部屋に通じていることはわかっていた。

「二階のお部屋にはもう人が入っているので、地下のお部屋でお願いしたいのですが」

「ええ、地下室ですか。二階が空いていると思って来たのですが」

「申し訳ないのですが、上の部屋は昨日もう決まりましたの。女性ですし、地下のお部屋で生活ということはちょっと厳しいと思いますので、希望通り二階のお部屋にしていただくことになりましたの。それにわたしが住んでいるのは三階だし」

「それは残念。あきらめるしかないですね」

「あら、あきらめるのは二階だけですか。下のお部屋もご覧になれば。もともとは一階ですから。地震で沈下して地下室に見えますけど、わたしのことを諦めるのはまだ早いですわ」

そう言われながら、地下室を覗くことにした。抜け目なくよくしゃべるスナックのママだ。

「ここでしたら、どんな看板をかけていただいても結構です」

と、完全になめられていた。

「そらそうでしょ。外から何も見えませんからね。看板をかける意味もないですけど。それに運河のそばだから、やはりじめついていますね。こんなところに地下鉄海岸線が走っているなんて、地下鉄海中線ではないか思いましたよ」

「あら、地下鉄で来られたのですか。でも、地下鉄の下水工事で配水は完璧だと聞いています。それに本当の運河はかなり深いところにあるらしいの。あなたの見ているのは河面じゃなくて闇の表面だと思いますけど。地震の後、暗闇が靄になって流れるようになったのです」

騙されたふりをして宵に騙されるのも酔いだ。水没でない闇没なんてあるはずがないが、確かに町は闇に沈んでいた。僕は溺れそうになり、彼女の闇がせり上がって来るのを感じた。時代というものはそういう形で変わっていくのかもしれない。僕はただ他人の記憶の中を生きているのかもしれない。第一、僕は地震なんて覚えていないし、深い闇に眠っていたのかもしれない。本当に恐ろしいことは忘れる。全てを忘れると言うことも恐ろしいことだ。地震のことを覚えているという人はきっとどこかで笑っているのだと思う。地震で失う物は命や財産かもしれないが、本当に恐ろしいのは記憶を失うことだ。僕は自慢したくない死にかけたときには何も覚えていない。自殺者だって人殺しだって何も覚えていない。だから、お前は自殺したとか、お前は人を殺したと言われても記憶が戻らないまま自供するのだ。人の言うことを聞いて納得しているだけだ。もしこの街に本当に地震があったとしたら、彼女も地震のことを忘れているのかもしれない。ただ、教えられて知っているだけで、自分が生きているのか死んでいるのかもわからない。僕は地震のことを何も覚えていないのだから、死にかけたに違いない。そんなことはテレビでも見ていただろう、と何度も言われてきた。地震後、たしかにテレビで地震のことは傍観していた。しかし、なんども言うが僕は死にかけたことなんて何も覚えていないのだ。僕たちはただ地震後に傍観しているだけで、それがどうして自分の記憶だと言えるのか。記憶の時間を失ってから、少しは「死」の意味を理解できたと思っている。

喫茶店カフカの建物の横のレンガの壁は大きくぶち抜かれて穴が開いていた。

「あれは大震災の時に崩れ落ちた跡よ。だけどあの時のことは穴があいたみたいに覚えていないのよ。思い出したくないからじゃなくて、本当に覚えてないの。気がついたら生きていたわ」

カフカのママもそう言って少し笑った。

「同類です。僕も生きているだけで記憶がなくておそらく地震で誰かを殺した被告人ですよ。被告人は罪を思い出すために永遠に誰かに尋ねようとする。しかし何も悪くない人は死んでも何も答えない」

「あら、二階の住人さんだわ。ご挨拶したら」

二階の住民は僕より一足先に入居した女性で、外出するためにサングラスをかけている。そのことによって余計に彼女は目立つのだが、素顔を隠す点では成功している。彼女は完全に隠れようとしている。隠れる理由は美しすぎるからだ。彼女が透明人間か闇人間になりたい気持ちは少しわかる。その証拠に彼女には影がない。美しすぎて何も考えられない。考えすぎて自分が生きているのか死んでいるのかわからなくなっている。その隙間にうまく絡めば話が始まるはずだ。これは商談と同じことだ。どんな建物にも隙間があるように人間にも隙間がある。

喫茶店から二階に登るには地震で壊れた壁の隙間をそのまま改築した入り口のドアを押し広げて階段を登ればよい。僕も毎日使うことになった入り口だが大きな木のドアを開けると上りと下りの階段が続いている。左の階段を登れば彼女の部屋に右の階段を降りて行けばカフカ研究所の看板がぶら下がる僕の部屋に入ることができる。

いつものように彼女は何も言わずに階段を登って自分の部屋に入っていく。しかし、僕には黙って誘っているように見えて仕方がない。同じことを考えていたら友情がはじまり、同じことを感じていたら愛が始まるのだ。愛とは同意なのだ。この建物の二階に住んでいること自体一緒に住んでいる相手にしか見えない。同じドアから出たり入ったりしているのだから、一緒に住んでいるようにしか見えない。そう見える以上、僕には彼女と一緒に生活するのは時間の問題だとしか思えない。

「月子はしばらく休職中らしいわよ。商社にお勤めらしいけど職場でもめごとがあって、被告席に立たされているらしいのよ。なんでも職場の上司の身代わりにさせられて貿易相手から訴えられているらしいわ」

「へえー気の毒だなあ」

「そう思ったら、なんでも相談に乗ってあげなさいよ」

サングラスを外した彼女は僕の顔を黙ってしばらく見ていた。どうしたんだろう。二人はどこかで出会っているのだろうか。お互いに何かを忘れて見つめあってしまった。

「どうしたの、お知り合いなの？」とママに聞かれても思い出せない。

彼女が会釈して二階の階段に向かうと「じゃあ、一目惚れでもしたの？」と意地悪く聞かれた。僕は一目惚れというのは忘れていた何かを思い出すことかもしれないと思った。一応「まさか」といったが、女がサングラスをわざわざ外したのは「覚えているでしょ」と言っているように思えた。

街角の隅々がオイルで黒ずんで見えるのは運河のせいかもしれない。道はせまく猫が車の屋根を踏んで通り過ぎていった。そのくせ、喫茶店カフカの建物は中庭がやたらと広くそこに車が中に入りすぎて出られなくなったのを見た。中庭のもう一つの出入り口は運河の船着き場になっていたので行き止まりだった。

アパートの入り口は喫茶店の大きなドアの左側にあった。ドアを開けるといきなり上り階段と下り階段が現れた。そのために入り口に入った人間が上の階に行くのか下の階に行くのか、あるいは喫茶店に入れるのか分からなかった。

次の日の午後、僕がカフカ研究所の看板を持ってドアを開こうとした時のことであった。いきなりドアが開いた。おどろいた女の目がじっと僕を見ていて離れない。そこまで驚かせてすまないと思ったがあやまる理由はないと思って女の顔を奥までのぞいてしまった。

「タカギさんでしょ。喫茶店のママから聞いているわ。でも、あなたはママから何も聞いていない。あなたが借りることになった地下室というのは私の部屋だったたって聞いています?」

「僕は二階の部屋を借りたかったんだけど、もう入居者が決まっているから地下なら空いているということで借りることになったんだけど」

「じゃあ、あなたは二階も使えることにしたら。そのかわり、わたしもあなたの部屋を使うから」

地下室への階段が下に続いている。女は長い髪の毛を額からかき上げて大きな目で何度か私を見上げて「わたしって勘がいいのよ」と言った。女の匂いがふくらんだ。僕は彼女の脇腹に手を回して肉をつかんだ。「あなたも勘がいいのね」と言われて、ストレートにしか話ができなくなった。

「する?」ときいて「いますぐする?」といいなおした。「ええ」ときこえたので僕は彼女の首筋にキスをして腰を抱いたまま斜めになって階段を降りていった。女の匂いは薄闇に漂って沈んでいった。壁がオレンジの電灯に照らされていたがもう一つ水平に差しもむ光があった。

僕を突き放すと女は唇を少し開くとその光に舌が見えた。

「ずっと見ていたのよ。帰りを待っていたわ」と女が言った。自分の匂いが浮くのがわかった。女はそれを吸いとろうとしている。「どこから見ていたの？」と聞くと「二階の窓からよ」と女は笑った。

「じゃあ、二階に行こう。二階の眺めを確かめよう」

「なんだか、初めてあった気がしないね」

「そうよね。ずっと待っていた気がするもの。あの運河には暗闇が流れていたでしょ。だからこの部屋は地下室に見えるけど、夜になって、街全体が闇に沈むと、ほら本当の川面が見えてきたでしょ。すると、この部屋が昔は一階だということが分かるわ」と、女は闇を見ながら盲人のように喋った。

どこか似ている男と女の匂いがまじりあって奇妙なほほえみで二人はかさなった。

「僕のことはノーなの」「イエスよ」二人の我慢はとけてしまった。

彼女を包みながらその奥で彼女に包まれていた。窓の外では月光をうけて運河の渦が僕を沈めようとしていた。それでも運河にはいつも同じ水の時間が流れているように見える。

次の朝、勤務先の倉庫会社の入り口には見なれない三人の男が立っていた。誰かを迎えるために立っているのだろう。ぴっちりとしたダークスーツはおそろいで、ネクタイの締め上げ具合からすると相当の地位の人がやってくると思えた。ただ一人だけ長髪の男がいて、ファションモデルと思える長身で、この辺りにはいないタイプだった。近づくと誰もが視線をそらせて不自然に僕を無視しようとする態度をとった。こちらはもっと相手を無視するように邪魔だなという態度で通り過ぎた。

事務所に入り机に座るとすぐに電話がかかってきた。電話メモを読み返し古い順から返事しなければならないのに、一番遅い相手と話すことになったので、投げやりな声で話しを受けた。

総務から転送される電話は珍しい。

「ご友人だとおっしゃる方からのお電話です。中村さまとおっしゃっています」

「中村はたくさんいるな。下の名前は聞いてないの」

「中村と言えばわかると、おっしゃるので聞いていません」

「会社の名前は……まあいいからつないで」

「あ、もしもし、タカギさんですよね。大阪府警のナカムラと申します」

「そんな友達はいませんけど、友達とおっしゃいましたよね」

「すみません。捜査第一課とは言えませんからね」

「言ったも同然です。この電話は録音されています」

「じゃあ。掛け直します」

「余計に困ります。用件は」

おそらく、僕のことは調べがついている。会ったほうが話は早い。最初に言うべきことは決まっている。

「お会いしますけど、条件があります。一回限りならお会いできます。それから、わたしの私生活についてはお話しできません。よろしいか」

「はいわかりました。少しお聞きしたいことがあります。あなたのことは何も聞きません。お近くの喫茶店カフカでお待ちしています」

「でも、空いていますか。誰かいたら何も話しませんよ」

「はい、今は誰もいません。さすがに用心深いですね。昔から何も変わっていない」

喫茶店には先ほどの長身の男が座っていて、僕が入ると立ち上がって窓の外から長髪が見えるようにした。それくらいはわかる。外には何人もいるのだ。

男は大きな封筒から数枚の写真を取り出してテーブルに置いた。

「ただお願いしたいのは、もしご存知なら、この男の名前を教えて欲しいのです。この男です。鉄パイプを握って線路にしゃがみ込んでいるこの男です。お願いしたいのはそれだけです」

「殺人事件があったのですか？　もう一枚の写真は死体ですね」

「警察はこの種の事件は公開しないのです」

「それでは何でそんな話を聞かせるのですか。わたしに何を求めているのですか」

「公開できない極秘情報のためです。極秘情報は極秘の存在からしか得られないからです。言っていることをご理解いただけると思うのですが、これは司法取引なんです。だから、わたしは警察官ではないのです。検察官です」

「でも、外にいるのは警察でしょ」

男は返事に困っているので僕は勝った気分になった。

「ところで、カフカ旅団について何かご存じでしょう」

「そんなもの、知りませんよ。研究所の看板を見たのですね。旅団とは何の関係もありません。それに地下にあるからと言って地下組織でもありません」

「何もそんなことは聞いていませんよ。聞いたことにお答えいただければ、われわれはすぐにでも帰ります」
「じゃあ、わかりました。こちらから言わせてもらいますが、これはおとり捜査ですね。司法取引で免罪にすると言おうとしているころが第一におかしい。わたしは何の罪も犯していませんから司法取引なんて成立しませんし、写真の男なんて知りませんし、秘密情報なんて持っていません。あなたたちは警察でも検察でもないでしょう。あなたたちが知りたいのはカフカ旅団です。わたしをこの建物に閉じ込めてこの旅団の不思議な構造を知りたいのです。わかりました。トイレに行ってきますので、逃げないように外からしっかり見張っていてくださいよ」

僕には彼らが何者かわからない。知りたくもないと言うところが彼らと大きく違うところだ。今はここから逃げることだけを考えれば良い。彼らはそんなに賢くはない。彼らが知りたいのは夜になるとたくさんの人々が集まってくるこの建物と旅団についてである。そんなに知りたいのなら、もう少し外堀から攻めれば良いのに、肝心なことを忘れている。地底には大きな海が広がっていることを彼らは知らない。これは彼らにとってはちょっとした穴かもしれないが、我々にとっては大きな穴なのだ。彼らのしくじりは地底には海が無いという思い込みなのだ。

喫茶店カフカの建物はかなり古い建物でレンガの壁はところどころで穴が開いている。それは僕に似ている。僕の記憶にもところどころに穴が開いていて暗黒を覗き込むことができる。もしかしたら自殺したことがあるかもしれないし、もしかしたら誰かを殺しているかもしれない。そういう時には人間は記憶喪失になるものだ。罪を犯しているのにその罪を覚えていないから永遠に罪を償えない。償いたいからわたしの罪を教えてくださいと城のある村を彷徨う愚かな父親の話はどこか僕に重なって見える。完全な記憶がない限り人間は多かれ少なかれ救われようとして忘れた罪を探しているのだ。なぜなら人間は怖いことは忘れてしまう。抜け落ちた記憶はどこに行ったのだろう。これでは誰でも殺人者にされる。殺人者は記憶喪失するということなら。

地下にある重いドアはまるで風に吸い込まれるようにふわりと開いた。尾行を振り切るのはここだ。彼らは必ずトイレのドアを開けるに違いない。
「あきましたよ」と言ったのは外からドアを開けたカフカ旅団の門番だった。
「この先は地下街になっているのでしたか？　地下道になっているのでしたか？」

僕はそう聞きつつ地下道に入るともっと恐ろしいところに通じることはわかっていた。いつものように寂しい風が吹き抜けていた。

「この先は長い地下道です」と門番の男が言った。ドアを叩くような音が鼓膜に響いた。先ほど尋問していた背の高い男の声が聞こえてきた。

「開けろ、開けろ。お前の爺さんはなあ、カラフト流れのユダヤということはわかっているのだ。この記憶の悪魔どもめが……」

思わず、門番の男と顔を見合わせた。

「なにか、きこえましたか？」

「いや、なにも。たとえ彼らがツルハシでドアを打ち破ったところで、中には真っ暗な土が詰まっているだけですよ」

「埋めもどすのですか」

「いや、もともと埋まっているのです」

祖父の記憶によると、この建物は震災の津波と地盤沈下で一階部分が地下に埋まってしまったのだ。そのために一階の大きなドアの裏には土の闇しかないのだ。二階の大窓二つが一階の入り口に入れ替わり、一つは喫茶店の入り口になり、もう一つの入り口は上階の事務所と地下室に通じている。地下室には大きな暖炉があるが、それはもともと一階にあったものだ。海岸近い湿った土地柄、地階の暖炉は火がつきにくかった。このことは祖父から聞いたわけではない。祖父は僕が生まれる前にカラフトで死んでしまったのだから。僕の家系では記憶は遺伝する。記憶は何度も夢の中に現れては研ぎすまされて現実以上の真実になっている。


門番の鼻は太ったネズミに見えた。

「ところで、その鼻の傷は猫に噛まれた傷ですか」

「どうしてわかるのですか」

「わたしも時々鼻を噛まれるからです」

男はいつまでも笑い、ネズミが踊りだした。

地下通路を進むと天井のむき出しのパイプから水が落ち、白い蝙蝠がぶら下がっていた。蝙蝠は、ほのかな月明かりを受けて鈍く光る青い運河を見ていた。小さな川船が横に揺れながら近づいてきた。深い紫が河口から寂しさを流していた。

いつの間にか水路は川に広さになり、水中にレールが走っているのが見えた。列車がやってくるものとばかり思っていたら、別の川船が数隻つらなってやってきた。

「地震沈下で地下鉄が水に沈んだだけです。そんな驚いた顔はやめてください」持ち場を離れた門番がどこまでもついてきていた。

　小船には屋根はなく風に流されているようにも水に流されているようにも見えた。

　プラットホームは限りなく続いていた。そのため、誰も降りようとしないのだ。

「どうしてプラットホームには終わりがないのだろうね」

「ここでは、全部が駅だからですよ」と腕章をつけた男が言った。

「そうか、駅が道になっているのだね」

　流れる船は止まることがなかった。風が風景を絶えず書き直していてレールの平行線は交わることがなかった。海では時間が空間を絶えず書き直しているからだ。水脈調査員は水に流れているのか泳いでいるのかわからなかった。

　船の中には動かない人影が一人うずくまっていた。

　男はブツブツと何かを言っている。

「困ったことだ。困ったことだ」

と独り言を言っているのだ。

「何か困っているのですか」

　男はしらをきるように向こうを向いた。

「ここで、駅を探してもムダですよ。すべてが駅ですから」

「それはわかっている。それが問題ではない。わしは運河を旅する者、それも地下水道だけじゃ。もう何年もさまよっている。あの山の村から水脈を辿ってここまで来た。問題は駅なんかじゃない。ダムじゃ。ダムのエレベーターだよ」と、男は笑いながら鼻をかいていた。

「あなたも閉じ込められて地下の迷路をさまよい続けているのですね」

先ほどの鼻を猫に噛まれた男を思い出して探した。門番と入れ替わるように大きな白い猫が白い蝙蝠を口にくわえてついてきていた。

「誰だ、お前は。おい、返事をしろ」と僕は猫に言った。

「はい」と言おうとして猫は蝙蝠を離してしまった。

すると猫は元の門番に戻ったので二人は黙って歩くことにした。

やがて、二人の前を作業服の男が三人歩いていて行く手をふさいだ。背景が暗いので青い作業服は浮かび上がって見えた。作業員たちは手に長い杖を持ち、その先のスポットライトでプラットホームと水路を交互に照らしていた。

「作業中すみません。山椒魚でもいるのですか」

「地下水脈の調査中です」

男がプラットホームを照らすと中から青い静脈が浮き上がった。

「地下水脈はこの道の下に流れているのですね」

「ここはもともと地上の路地でしたよ。倉庫街の煉瓦塀が地下に沈んで地下道の壁になったのですが、その当時の地下道はまだその下に流れているのです」


水は時間のように流れていた。今の水も過去の水も同じように流れていたので記憶は消えることがなかった。記憶は埋もれて動かなくなるものだと思っていたけれど、確かに記憶は現在と同じように動いている。闇に埋もれた祖父の記憶までもが生まれ変わって僕の頭の中に流れはじめている。記憶が何代にもわたって遺伝するのはこの家系の不幸だ。僕の祖父の記憶はそのまま僕の頭にも流れている。

「ここだ。ここで水脈は止まっています」と水脈調査員の一人が振り返りざまに叫んだ。明らかに彼は僕を尾行し続けていた男だ。小さな声で「タカギさん」と呼んだ男だ。

僕はすでに見破っている。事務所の前で、誰かを待っているような顔をしていた三人組も警察だと言って僕を喫茶店カフカに呼び出した三人組も水脈調査の三人も同じ人物だ。僕の絶対的な記憶の不幸な遺伝子はそんなことくらい見破っていたのだ。彼らは地下組織の調査員だから地下捜査員というべき存在なのだ。

「僕もここだと思います。急に思い出しました。記憶というものは動かないと現れませんね。目的地がここなので急に思い出しました。この辺りに乗換駅があって大きなエレベーターがあったはずです」

われわれ一行はどうしたものかと立ち止まった。白い蝙蝠も難を逃れて背泳でついてきていた。

猫に鼻をかまれた門番は、それに気づくと急に機嫌が悪くなった。

「まったく、困ったことだ」

「何が困ったのですか」と僕は聞いた。

「困ったことがわかったから困っているのです。先ほどの老人はあなたのお爺さんでしょ」

嫌な言い方だった。こういう言い方は単なる決めつけだ。

「いや、僕の祖父は僕が産まれる前に死んでいるので知りません」

それを聞くと、男は白い蝙蝠に入れ替わり、レンガの壁に飛び込んで消えた。それを追いかけて白い猫もレンガの壁に飛び込んで消えた。

「やはりそうだったのか。奴らも三人組なのか」と僕は呟くしかなかった。

「僕も間違えていました。門番は白い猫だと思っていましたから」と水脈調査員も言ったが、大きな白いマスクで顔が消えていて、入れ替わってもわからないだろう。

ともかく、消え残ったわれわれは二人が消えたあたりに近づいた。

「なるほど、ここにも闇のドアがあるのだ」

僕は、ドンドンとそこをたたいてみた。中から門番の声がした。

「いま開けますから、気をつけてください」と言われて静かにした。

「やはり、門番は先回りするものですね」

すると向こう側から予期せぬ返事がきた。

「いや、わたしは水門の番をするものです。水路の門番が仕事ですから、水守ですわ」

重いドアが開くと、闇の中に滝が音を立てていた。

「え、エレベーターは何処ですか」

「滝の裏に決まっているじゃありませんか」

「なるほど、それは水力エレベーターですね」

内部は藤色に照明されて、闇に浮かび上がる光の箱になっていた。門番は真っ暗な口を広げて喋った。

「水力エレベーターといっても、これは動くわけではありません。水面を上下させるだけです。動くのは水面と運河の船です。ところがこれは津波に押し流されていました。津波の水力はものすごいですからね。水面の上を闇の塊になって走っていましたからね。海も河も地底に消えたのです」

「津波の時には具体的な闇の塊がやってきた。真っ黒なヘドロの海だった。人々はその闇に飲み込まれてコールタールに漬けられて闇に消されたのだ。字に書けば闇も死も観念だが、具体的なものは書きようがない。闇は沈黙し、死は黙秘し続ける」

生き残った者が月明かりの街に出ると、運河の前に「ティトレリ」という赤いネオン文字の看板のプールバーが現れた。ここで僕は彼女に出会ったのだ。彼女の名前は月子、みんなはルナと呼んでいた。いつまでも僕を待っているのかもしれない。

バーカウンターは三日月型にバーテンダーを囲んでいた。ルナは少し腰をゆるめた弓なりの姿勢で肘をついていた。その腕で顎を支えて反対の手でグラスを傾けていた。

「やっときたのね。ずっとあなたを待ってたわ」

彼女が背負っているのも僕と同じ濡れ衣の運命だ。被告人同士、黙って座っているだけでも相手がわかる。同じ悲しみを背負いあっているからだ。

僕はオロオロしながら地下水道の仲間を探した。彼らは早速にダンスを始めていた。

「まるで、ここから見ていると魂が踊っているみたいに見えるわ。もう、持続不可能な光がこの世から消えようとしているのに、この人間は夜の蜉蝣のように翼を燃やし続けているみたい。わたしも自殺に失敗してから昼蜉蝣から夜蜉蝣になっちゃった。死ぬ希望もなくなったからね。もう、愛とか恋とかいう話はやめてね」

「ずいぶん久しぶりだというのに、相変わらずだな」と、僕は遠い昔を思い出した。そして、ここはもう記憶の世界なのだと思うと涙がたまらなく落ちて流れた。

「実はね、わたし、裁判所の被告席に座らされたの。背後には会社の上司が座っていて、じっとわたしの背中を見ながらわたしが何をいうか耳をそばだてていたわ。時々会社の弁護士と目配せしながら、わたしが会社の役者として間違わずに決められた台詞を言っているか上司の部長と課長がメモを取っていた。わかります？　その紙の音まで聞こえたのよ。わたしをなんとか救わなければという表情をしながら、実はわたしを地獄の底につき落とそうとして会社の弁護士と組んで男二人の罪をこのわたしに身代わりの罰を与えようとしたの」

「その話は前にも聞いたけど、商社の英語の契約書に翻訳者の君がサインさせられた。そしたら、その契約が相手国から訴えられたという話だろ。英語に関して文盲の上司は何も知らないと言って訴えられなかったって話だろ。日本の商社じゃ部長席は責任回避の席なのよ。実はね、僕も被告人でずっと尾行されているみたいだ」

誰にも聞かれないように彼女の耳元で「好きだよ」と言い、彼女の匂いを吸い込もうとしたら、まったく匂いがない。やはり、もう生きていないみたいだ。彼女は生きた友達とここで飲んでいる。女同士の幸せそうな会話が聞こえてくるが、女同士の友情にはなぞがあるという。

「かわいそうに、あの人は死んだことをすっかり忘れているのよ。一度目に失敗した時も自殺の記憶はきれいに消えていて、家族に教えてもらって、やっと未遂のいきさつを知ったのに、最後に成功した時は誰もいきさつを教えてくれなかったのよね」

僕はこの聞えよがしの二人の女性客のひそひそ話で、彼女の死を覚悟した。

しかし、相変わらず性格の強いルナは二人連れに言い返していた。

「実は、わたしは眠れなくて、それも永遠に眠れなくて、死ぬこともなく生きることもなく、永遠に水路の中をさまよっているの。それくらい、わかっているでしょ。でもね、もしわたしが死んでいるとしても、もうわたしは悲しくないの、もう死なないからよ。ただ、わたしが現れるところはきわめて狭く限定されていて、この街では地底の海と地底の運河が同じ高さのところだけよ」

「つまり、この地底の運河が海に繋がっている河口ということなのかな」

「そうなの。わたしは特別な船に乗っているわけではなくて、普通に小さな船なの。屋根が半分かけていて、夏も冬もその船で眠ることができるのよ」

彼女と外に出ると二人とも背が高いのでかなり目立った。まるで二人の男が歩いているように彼女も気を使っていたが、彼女のボディラインはかなりくびれていたので、結局目立つしかなかった。二人は何も言わずに地上の運河沿いに西に向かった。懐かしいレンガの壁に挟まれて二人は久しぶりに腕を組んだ。

やがて、倉庫街が見えてくる。倉庫会社の事務所もレンガ造りが長持ちする。運河は西洋風な景色をはかなく映していた。人々が生きている限りブクブクと日々の泡が立ち、水面で小さな花が裂けると、涙ほどの水滴が空に向かって跳ねるのが見えた。水泡まで生きようとしているのに、彼女が生きようとしないのは死ぬほど悲しかった。

「さあ、もうすぐ、君の好きな喫茶店カフカにつくよ」

アヴェ・マリア

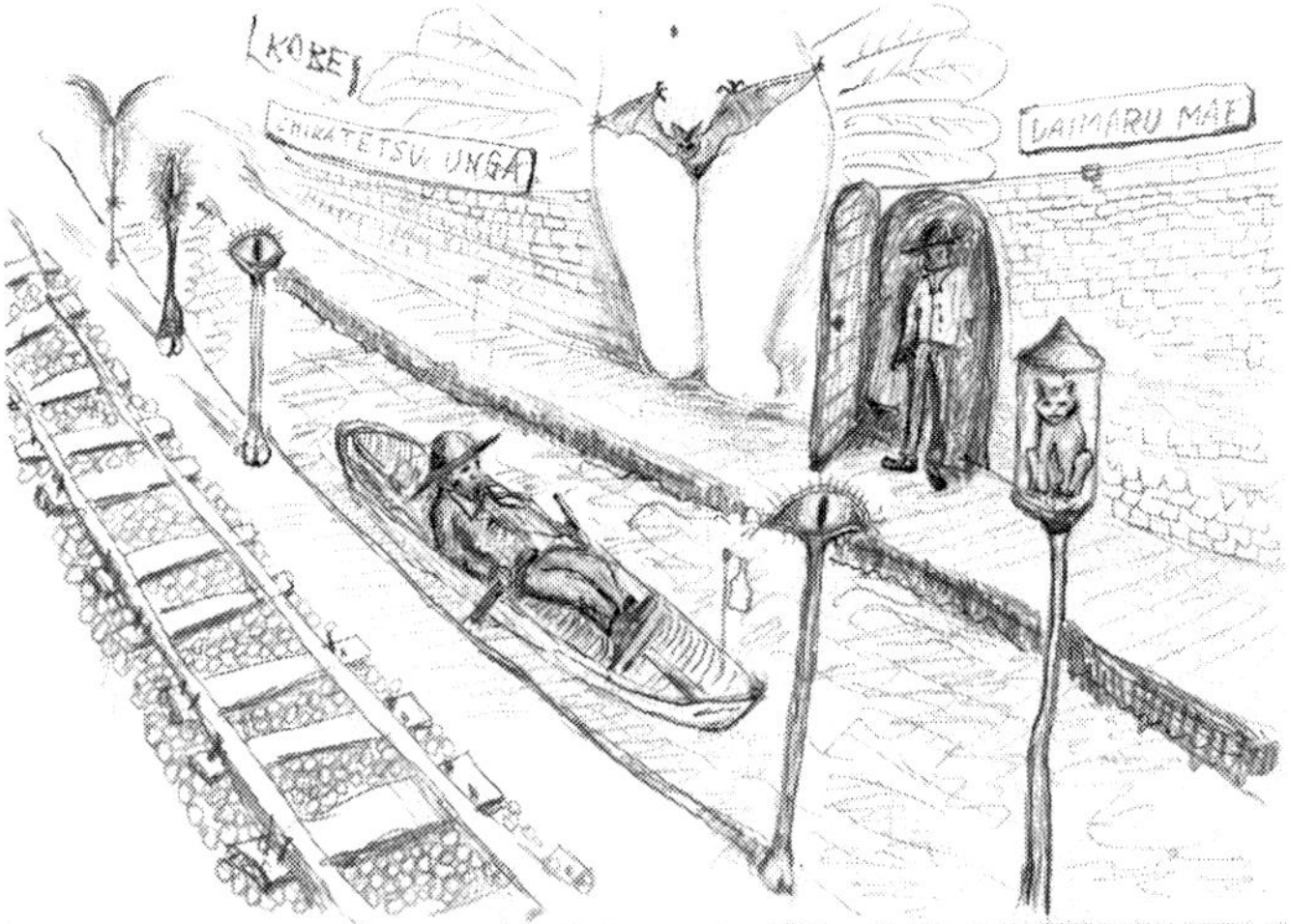
KOBE
CHIKATETSU UNGA
DAIMARU MAE

湖の対岸に真白なサナトリュームがあって、小さなチャペルから歌が聞こえてくる。僕は時々ヒルクライムでここまでやってきて、自転車を停め、何もせずに引き返す。湖面には虚しさが空まで突き抜けている。サングラスの裏側で涙が流れると表には鳥が飛んでゆく。

誰に聞いても探してもあの人の墓はない。おぼえているのはアヴェ・マリアの歌声だけだ。僕の首には二つのペンダントがある。自転車に乗ってそれらをブラブラさせながらここにやってきたが、二つのペンダントを一緒に開けると、あの人の歌声が聞こえてくる。

アヴェ・マリア！　寛容なマリア様
わたしの願いをお聞きください
この固く荒々しい岩壁の中から
わたしの祈りがあなたのもとに届きますように

サングラスを外すと湖面の風がまつ毛を触り涙が飛んで行く。

わたしたちは朝まで安らかに眠ります
たとえ、人々がどんなに残忍でも
おお、マリア様、わたしの心配をみてください

聖女の風が切れ切れに降ってきて水面の中で歌っている。
白いチャペルが揺れている。

あなたが微笑むと花の香りがそよぎます
聖母マリア様、わたしはあなたを呼んでいます

父のためにお願いするこの子の
アヴェ・マリア様、幼い物語を聞いてください

私は自分自身が愛おしくてならない。誰も愛せないくらいに自分自身が愛おしい。それは世界が悲劇に見えるからだと思う。生きていても仕方ない世界の中で思わず生きてしまった自分はピエロにすぎない。

一つ目のペンダントの中には、あの人の顔が入っている。もう一つのペンダントの中には自分自身の顔が入っている。それは、なんとも不安げで精気のない魂の抜けた少年の顔だ。ぼんやりとした視線の先には空虚しか見つからない。少年期の記憶をたどると楽しいことは何もない。何歳まで生きなければならないのかと思うと気が遠くなった。

人間は死にたいと思っていると長生きし、生きたいと思うと早死にしてしまうものだと祖母から聞いたことがある。もし、そうだとしたら、どちらが悲劇でどちらが喜劇なのだろうか?

私は長生きしてしまい、あの人は早死にしたのだから、あの人の方が生きたいと思っていたに違いない。私を愛して生きようとしたあの人を見殺しにしてしまった僕の罪は許されない。永遠に許されない。つまり、僕は全ての罪人と同じように自分だけを愛している

のだ。それでも私を愛してくださいとマリア様に祈る間抜けな長生きピエロなのだ。

あの人がやってきた。白いパラソルの中でさらに白い透きとおる肌だ。少年の私が出会ったのは、この世のものとは思えない透明な大人の肌の女性だった。祖母が茶道と生花の教室を開いていたので、日曜日になると沢木ひかるさんはやってくる。

母はあの人には近づかない様に言っている。あのお姉さんには結核の病歴があり、菌が残っているかもしれないというのだった。

美しい花には決して触れないように、芸術作品には決して手を触れないように、といった注意にも聞こえたのだった。

神撫山の谷を引き裂いてできたようなこの惣谷村には、豚池と呼ばれる溜池があった。その名前の由来はそこに遠くからやって来て居着いた人が豚を飼っていたからで、その汚水が池に溜まっていたかららしい。池の水は豊富な肥料を下流の田んぼに運んでいたかもしれないが、何しろそこは神撫山という神体山の参道なので、村人と諍いが絶えず、ついに不名誉な名前の原因となった住民はそこを立ち去ることになった。後に残ったのは小さな十字架の墓と井戸の跡だけだったらしいが何度か谷を襲った山崩れでそれも埋まった。宅地開発でボーリングしたときにそれらしき痕跡はあったらしいが、話とともに消えてしまった。その後、その池の名前は蓮池と呼ばれるようになった。

蓮池は神撫山の峰に挟まれていた。道らしき道は二つの峰の中腹の集落へ海から続き神撫山頂に続く二本の山の参道と池をめぐる谷の参道であった。

わが家は蓮池に注ぐ小川の淵にあったが小さな集落には数件の住居しかなく、夜になると惣谷は真っ暗になり民家の光と街の光は遠く隔たり人工衛星のように寂しかった。

やがて、村も街になり惣谷村も池田惣町となり参道の集落は池田丘町やら池田谷町やら近代的になり、池田の麓は宮川町と呼ばれるようになったが、宮川とは長田神社の川の意味であった。

その川に沿ってひかりさんがやってくる。川沿いだからなだらかであるが、最後に丘がありそこに登ると海と蓮池が同時に見えた。丘といってもそれは峰を横に抜ける切り通しで孤立してしまった小さな丘で、山から捨てられた迷い子のように呆然としている風であった。松の木が一本ひょろりと立っていて、海を見て良いものか山を見て良いものか、迷っていた。その切り通しの上には小さな陸橋があり、初夏の頃には燕が巣をかけて、凱旋門のように燕が通り抜けるのが見えた。

陸橋には入れ替わり立ち替わり人が立っていた。遠くから眺めていると頼りなげな人影で、夏になると日傘をさしたひかりさんが幽霊のように立っていた。

「よくあんた、あんな遠くが見えるねえ。ええ、あそこにひかりさんが見えるって。おばあちゃんには松の木しか見えないよ」と、祖母がいうと、

「ちゃう、あれはひかりさんだよ」と私は突っぱねた。

何故かしら、ひかりさんには嘘の匂いがした。ひかりさんがいなくなると蓮の花も消え、開きすぎたラッパの形の蓮の葉が池一面に賑やかに広がっていた。

白やピンクの花がいったいどこからやって来てどこに消えてゆくのか、ふと池の底には地獄の闇が潜んでいるのではないかと思われた。

花がしぼむと、川エビとりの中村のおじさんがやってきて、池の底に沈んでしまいそうな姿勢になり、爪先で池の底の泥を撫でて池を濁らせる。

やがて、「とっ」と息を吸い込んでおじさんは池に潜る。野生の蓮根を手繰り寄せ、引きちぎり手桶に入れている。池には秘密が満ちていて、おじさんがひかりさんの腸を洗っているような気分にさせた。

ひかりさんが畳に座ると、細すぎる腰が締め上がっていて、その下のお尻が不思議に大きく見えた。それは三角形になって安定しながらふくよかな白い肌を隠していた。まるで白い氷嚢のように見えた。

不思議なことに、ひかりさんは腕も腰も細いのにおっぱいが大きかった。じーと、見とれているとひかりさんは笑い出した。

「おねえちゃんのおっぱい大きいでしょ。お母さんのとどっちが大きい？」

「おねえさん」

「でも、もうおっぱいは出ないのよ。ずーと、永遠に出ないのよ」と寂しく微笑んだ。永遠という声の響きにうっとりした。

ひかりさんのおっぱいは透き通り、その中にメロンの網の目のような青い筋が沈んでいた。

「お姉さんも複雑なんだよね」というと急に大人の気分になった。

「あら、この子ったら、どこでそんな言葉を覚えたの？　複雑だなんて。そうよ、お姉さんはいろいろと複雑なのよ」

それを聞いて、ひかりさんがなぜ赤面したのか今でもわからない。

複雑さは遠くにあって美しく、近くにあってはかぐわしかった。

「お姉さんの胸の中にはね、お船が浮かんでいてね、なみがタップンタップンしているのよ」

霧に包まれた港の沖にうっすらと小さな船が見え、小さすぎて沈んでいくように見える。

そんな悲しく眠そうな光景がお姉さんの胸の中から浮き上がってきた。

「見たい？」

それは細すぎて今にも切れそうな銀の糸であり、その先のお姉さんの胸の谷間に何かが沈んでいた。細い人差し指と親指がまっすぐにそろって伸び、その銀の糸を引っ張り上げた。小さな三角帆の船が出てきて揺れた。

お姉さんはそれをもう一度つまんで胸の中に戻してしまった。

「お姉さんの胸の中にはね、遠くの船が写っていてね、そのお船が港にだんだん近づいてくるのよ」

「なんだか、お姉さんの胸は写真機みたいだね」

「まあ、すごい。としちゃんはそんなことも知っているんだ。ほんとだよ。お姉さんの胸をレントゲン写真で見るとお船が近づいてくるのがはっきり見えるのよ。そこにはね、あなたのよく知らないおじいさんが乗っていてね。あなたが知らなくてもおじいさんはあなたのことをよく知っているのよ」

それは、真っ青な夜だった。海には一艘の小舟が浮かび、星座に照らされながらこちらに近づいてくる。航跡が天の川に重なり、星を流し続けている。

夜の蓮池はその輪郭が消えて海につながっているように見える。夜が明けると同時に蓮の花が開き、そのまま海に流れていくように見えた。

それから数日後、誰もいない時にお姉さんがやってきて、僕の写真を撮ると言い出した。僕は帰ってきたばかりの幼稚園の帽子を被った服装でニッコリと笑ってみせた。


ひかりさんはいつも蓮池の向こう側からやってきた。あの時も閉じてしまった蓮の花がつぼみに戻り強い日差しを耐えていた。白い日傘姿のひかるさんは私をみつけて大きく手を振り、足元に気を取られながら池の歩道を遠回りにやってきた。

「お姉さん、僕は早起きして蓮の花をみたよ。いっぱい咲いていて天国みたいだった」

「そうなの？　もう熱はさがったの？　昨日電話したら、お母さんが熱を出しているって言ってたわよ」

「もう治ったよ。だから､お母さんは安心して花隈のおじさんのところに用事で行ったよ」

「そうなの、知らなかった」

ひかりさんは花隈からきたのだから、もしかしたら、お母さんを見たのかもしれない。知っているからきたのかもしれないと思った。いずれにしろお母さんがいない時にひかりさんに会えることは嬉しいことであった。

「高い熱が出たんだってねえ。しんどかった?」

「ううん、大したことなかった」


ひかりさんが帰った夜は一晩中、半透明の白い氷嚢が私の額の上に乗っていた。その半透明のしわのよったゴム袋の底はひんやりと滑らかであったが、なんとなく複雑なものが額に乗っているのかもしれないとも思えた。眼が覚めると氷嚢は熱を吸って重くなり、私の顔一面に広がって息が詰まりそうに思えた。

「としちゃん、どう?　熱はさがったみたいね」と母の声がしたが、熱は下がって欲しくなかった。

「今日も行くのか?　今日は幼稚園を休むよ」

「あら、お熱を計りましょう」

僕は暑そうに布団から足を投げ出し、寝返りをうって畳にうつむせになった。

「僕にはもうお姉さんの結核菌が移って何もしたくないんだ」

結核のお姉さんは本当に自由に思えた。

「あのねえ。お姉さんはもうすぐサナトリュームという山に中のおうちに移るの」

ひかりさんは突然現れた。それも、誰もいない一人ぼっちの時に現れた。それは僕が一人ぼっちが好きになった一つの理由かもしれない。

「今、誰もいないの？」

「うん」

「じゃあ一人だけなのね」

「うん」

「としちゃんは三人兄弟の中で一番かしこいわね」

「うん」

「だから、としちゃんは約束してくれるわね。私のことはずっとお姉さんと呼んでね。わかった？　それ以外の呼び方をするとだめよ。お姉さんだよ。そうしないとお姉さんは泣いちゃうわよ。絶対ね。約束してね」

「うん、お姉さん」

「それから、もう一つ約束してね。としちゃんは足が速いからね。お姉さんについてきたらだめよ。絶対にだめよ。ついてきたらお姉さんはもうこないからね。約束してね」

「うん、お姉さん」

「最後にもう一つだけ約束してね。お姉さんがおみやげを持ってこない時には、きたことをお母さんに言ったらだめよ。約束してくれる。今日もおみやげがないけど、ない時はほらこんなに優しいでしょ」といってお姉さんは僕を抱きしめた。私はその時、愛されていることを実感した。それは、母からも誰からも感じたことのない幸福感だった。

「うん、僕も、どちらかというとお土産はいらないよ」


お姉さんはマスクをするようになっていた。それからよく僕を訪ねてきた。

「お姉さんはね、もうすぐサナトリュームというところに入るからね」

ぼくにはそれがプラネタリュームと似た響きに聞こえた。お母さんに、お姉さんと一緒にサナトリュームに行きたいといったら、怖い顔をされた。だから、僕はどこにも行きたくない。何も食べたくない。お姉さんと会うだけでいいと思うようになった。

すると、次の週にさっそくお姉さんがおみやげのケーキを持ってやってきた。

「としちゃん、ちょっと背中みせてくれる?」

「いや」

「そんなこと言わずに、少しだけみせて」

私は背中を誰にも見られたくなかった。私には疳の虫というのがあって、その虫を退治するのだと言って、おばあさんとお母さんが私を押さえつけてお灸を据えた跡が残っているからだった。でも、このことをなぜお姉さんが知っているのか不思議でならなかった。お姉さんはなぜ私の一番恥ずかしいことを知っていて見ようとするのだろう。

「もう痛くないの？」

「あつかった」

「そう？　えらいねえ。よく我慢したのね。跡が残っているけど、大きくなったら消えるからね。そしたら忘れてしまうからね」

私にとって、それは罪の印に思えた。いつか、この罪が消えるのなら何でもするから！　と思っていたのに、救いの言葉だった。

お姉さんが私の罪を救ってくれるのかと思うと、涙が止まらなくなった。

二人だけでケーキを食べていると、そこに小学校五年生の姉が友達を三人ほど連れて帰ってきた。

「わあ、ケーキ」

「ちかちゃん。しばらくぶりね。ずいぶん大きくなったわね。ケーキはたくさん買ってきたから、みんなで食べて」

「ありがとう」というが早いか、ひとくち口に入れながら「いただきます」と姉はいった。

この姉といると、私は落ち着きをなくし生存競争の嵐に巻き込まれた。透明な世界が濁りはじめ、汗とか匂いが姉から飛んできた。

ケーキを口に詰め込むと、姉たちは猿になってビワの木に登りはじめた。枝に手が届かない私は猿の群れをしたから見上げるしかなかったが、面白いものを見つけてしまった。

「あ、パンツ穴あいとう」

「だれの？　だれのパンツ？」

姉ちゃんたちはスカートの下に手を当てていたが、その猿の群れの一人が黙って木から降りていった。やぶれたパンツの子は最初からそれがわかっていて、思い出して慌てて木から降りたのだ。

つづいて姉ちゃんも木から降りてきた。

「どこに穴あいとん？」と姉はおもいっきり私の額を引っぱたいた。ゴム底の靴の跡がしっかりと私の額に彫り込まれたみたいだ。

黙っていたら、姉ちゃんはさらに追い討ちをかけてきた。

「スケベー。ほんまこの子はスケベーやわ。としちゃんはわたしのことを『ねーちゃん』と呼ばんと、みんなのまえでは『お姉さん』とちゃんと呼びなさい」

それは出来ない相談だった。お姉さんとねえちゃんは月とスッポンだとお母さんも言っていた。

続いて破れパンツのやっちゃんが言った。

「あんたが、ケーキを二つも食べたから、わたしのケーキがなくなったんや」

「あれは、僕のや！　全部僕のんや！」

振り向いてみたが、そこにはお姉さんは見えなかった。

「よし、よし」と姉ちゃんが私の頭をぐしゃぐしゃに撫でたら、母親の声がした。

「女の子は木に登ったらあかんでしょ」


それから、しばらくお姉さんは来なくなった。祖母の話ではサナトリュームというところに入ったらしい。

でも、私が小学校二年生から三年生に上がる頃、お姉さんはまた突然やってきた。それから必ず少なくとも月に一度はおばあさんの教室にやってきて、日本舞踊の三味線を弾き、時には小唄を歌ったが、お姉さんがこない時には教室には大きなレコード盤があって、私は小唄のレコードでお姉さんの小唄も三味線も引き受けた気持ちになっていた。それどころか、お姉さんの病気も引き受けたいと思った。

家にはおばあさんの小唄レコードとともに、船乗りだった祖父の集めたクラシック音楽のレコードのSP盤もあり、誰もいない時にそれを聴くのが楽しかった。誰もいない時におじいさんのレコードを聞いていると涙が出てきた。特に、アヴェ・マリア と繰り返して聴こえてくる歌は、お姉さんのことを歌っているみたいで、そう思うと、もう涙が止まらなくなった。しかし、家に誰もいない時にも祖父の視線だけが残っていて、全てを見ているような気がした。きっとアヴェ・マリアが祖父を呼んでいたからだ。

祖父は恐ろしい存在であった。黒い髭を生やした大男で、生きているのか死んでいるのかわからない。死を超越して海上をさまよっていて、帰ってくるのかどうかもわからない。あたかも、陸地にはなんの愛着もなく海を住処とし、雷に照らされて海に逃げ込むセイウチのような存在であった。子供や孫にもほとんど顔を見せることなく、日本のどこかの港に着くと会員会館に祖母を呼びつけるだけで、ポセイドン・シーメンス・セイラー・マリナーなどが彼の呼び名だと子供のころの私には思われた。

ポセイドンは決して歳をとらず、どうしても死ねないから生きているだけだと祖母から聞かされていた。海上から汽笛がなるたびに私は震えあがりほとんど見たことのない顔が十字架の前のキリストとなって迫ってきた。

祖父は誰もが寝静まった深夜に家に帰ってくるような気がした。坂道には港から引かれた一本のロープがあり、その先には祖母が待ちかまえ、ゆっくりゆっくりと祖父は大きく近づいてくる。祖父は限りなく大きくなっていくのだった。

私は自分が限りなく大きくなる悪夢にうなされた。祖母があんたはおじいさんにそっくりだというからだ。私は父を超え祖父を超え、限りなく大きくなって化け物になるのだ。祖父は私を嫌っていたのではなく、私を恐れていたのかもしれない。

私はふと、自分の本当の父親は祖父で、本当の母親はお姉さんではないかと思うことがある。そのような本当の話というものは沈黙の中に隠れていて、全ての情報は嘘のような気がした。大人は嘘ばかりついていて、世界は嘘でできている。その嘘を引き剥がして真実を引きずり出すには小説家になるしかないとこども心に思った。だから、大人たちは「小説家にだけはなるな」と私に言い続けているのだと思った。

「お姉さんはね、自分が生きていることを確かめるためにここにくるのよ。お姉さんが蓮池にやってくるのはね、蓮の花が毎朝開くのを見るためだけど、それはね、お姉さんの中にも命が毎朝開くのを感じるためなのよ。としちゃんはかしこいから分かるでしょ」

「うん、よくわかる」

お姉さんの胸の中には小さな花の蕾が育っていて、それを毎朝咲かせにくるのだと思った。お姉さんはその蕾を池に返そうと思ってやってくるが、愛おしそうに蕾を胸に抱きしめて、また帰って行くのであった。まるで、私を連れ帰る身代わりに。私は別れる時に恋をする自分に気がついた。

さらに数日すると、またお姉さんがやってきた。

「お別れの挨拶にきたのよ」と言いながら小さな箱を私にみせた。

「これはね、お姉さんからのおみやげじゃないよ。ひみつだからね」

「うん、誰にもみせない」

箱を開けると中から小さなペンダントが出てきた。ハート形の蓋を爪で押し上げると中からお姉さんの顔が出てきた。

ヨットのペンダントのほうがいいのにと思いながら見ていると、

「これはね、まだ誰にもみせたらだめなのよ。宝物なんだからね。もし、お姉さんがいなくなってからならぶら下げてみせてもいいけど、今は大切にしまっておくのよ」

「なんだ、自分の写真が入っているのかと思った。だって、この間、お姉さんは僕の写真を撮ったでしょ」

「としちゃんの写真は、ほら、お姉さんがちゃんと持っているのよ」

二つのペンダントを並べてみせた。二人の笑顔はとても似ていた。

「僕はヨットのペンダントのほうがいい」

それでもハート型のお姉さんが笑っている。永遠に笑っている。

「おねえさん。ぼくはかしこいから、おねえさんのことを一度もおかあさんとよんだことがないよ」

レゾン・デートル

和枝と二人で有村の部屋を訪ねたときのことであった。

有村源助は笑いながらしゃべる癖があり、セールスマンというあだ名があった。彼はそのあだ名が嫌いで、インテリゲンちゃんとか呼ばれたかったみたいだが、インチキゲンちゃんと呼ばれていた。自意識過剰で、検察に追われているからだと言って目立つサングラスをかけていた。

彼の木造アパートは階段がギシギシと音を立て、一階のトイレの匂いが二人をおいかけてきた。

下から見上げている人がいて、手ぬぐいを頭に巻いて掃除機を運んでいた。

「あれは、ここの大家さんよ」と和枝が言ったが、大家は、僕を有村だと思っている。和枝が僕を連れて有村の部屋を訪ねるのは女一人では入りにくいからだ。

「いるかなあ？　あ、いない」

そういうと、彼女はポケットから部屋の鍵を取り出してドアを開けた。有村は部屋の鍵を手紙で送った。住所も手紙で知らせた、ということだ。

「なんだ、いないのか」と僕は慌ててつぶやいたが、部屋に入ると彼女はまるで自分の部屋のようにくつろいで見せた。

「あれ、有村がいないのに入っていいの？」

聞くと、有村は何人かの女友達に鍵を渡していて部屋を自由に使わせていて本を読ませたり、勝手に食事をさせたりしているが、最大の目的は自分の日記を読ませることらしい。机の上の本立ての日記帳は誰でも気がつくように三冊ほどがいつもきちんと並んでいる。しかし、有村の部屋はいつも留守らしい。だから僕を連れ込んだにちがいない。

和枝は彼の部屋に黙って男を連れ込んだことになるが、彼女と僕は一冊ずつ日記を手に取り興奮しながら読み続けていた。有村はそうやって彼女たちを興奮させて引き寄せようとしているのだが、男女が二人で部屋に入ることは予想外だろう。

有村の日記は小説風なので二人の手は汗ばんできた。彼女の匂いと自分の匂いが似てきたような気がした。

「下宿部屋があるといいなあ、なんでもできるし」

「どういう意味なの」

返事をしないまま、彼女の肩に手を当てたら押し返された。彼女は有村の日記に熱中している様子だった。二人には共犯関係が成立しはじめていた。僕は彼女が読んだ跡を追うように一冊目の厚い日記から読みはじめた。

彼女は畳の上に両足を崩して見せたので畳の上の下着の膨らみが丸見えになった。

和枝はおそらく日記の中の大阪市大の女を有村から奪いたいのだと思えた。日記を読ませて鮎の共釣りを狙ったのは有村の仕掛けらしく、どうやら天才肌の遊び人らしい。これこそ我が大学現代文学研究会の乱れた文学活動に他ならない。僕には和枝が有村に釣り上げられるところは見れない。

有村の日記の中には大阪市大の小柄で顔の小さい高橋智子の体の隅々までと性的情景の一部始終が書いてある。つまり彼と高橋さんとの具体的な関係が描かれていた。高橋さんは共釣りのおとりとなって書かれていた。ここまで私小説のように日記に書かれたらもう生きてはいけない。しかも高橋さんは書かれていることを何も知らない。和枝も有村に書かれる前に逃げなければならない。

「これは日記じゃなくて小説だよ。あそこまで具体的に描いたら小説は犯罪行為だよ、日記だとここまで赤裸々に書かない」

「でも、日記だったらいいじゃないの」

「人に読ませるために書いたらもう小説だよ。日記よりリアルになる」

「有村さんは何も人に見せるつもりで日記を書いているわけじゃないでしょ。あくまでも私たちが盗み読みしているだけで。彼は何も読んでくれといっている訳じゃないわ」

「まるで、この日記はおとりだな。われわれは餌を仕込んだ檻に入った熊みたいなものだよ。入れないはずの檻に入ったら閉じ込められるんだよ」

「黙って読んでよ。足音がしたらすぐ閉じてよ」

「でもさあ、なんで僕までがこんな罠にかかるんだよ」

「それは、私が悪いからよ。一人で読んでいたら怖いわ、完全に彼の仕組んだ罠にかかって虜になってしまうわ」

「僕を共犯者にしたいということなの、きっと彼は日記を盗み読みさせることで何人もの女性を捕食していると思うよ。でも一つの檻に男女が同時に閉じこもるとは彼も思ってはいなかっただろう」

「何笑っているの。彼が書いているのは単なるフィクションかもね」

「でも問題はフィクションにしろ高橋さんが丸裸にされていることだよ。しかも現実には見えないところまで書かれている」

たしかにこれは読ませる小説というしかない。

「急に黙りこくって、何考えているの？」

「いや、ちょっと考えごと」

和枝とはフィクションではないと言いかけてやめた。

「なによ？」

「むかし、好きな女の子がいて、その子は決して僕のことを好きだとはいわなかった。ただ神戸という街が好きだから来るだけだと言っていた。家族にも友達にもただ神戸が好きだから、神戸に行ってくるとしか言っていない。僕にもそう言うんだよ。そして一緒にいてもひとりぼっちの顔をしている。僕は、とうとう思ってしまったよ。彼女は死んでいる。ひとりぼっちに見えるのはそのせいで、ひとりぼっちから逃れてここにやってきているのに、好きだとは言えない」

「あははは、わたしがもう死んでいるって言いたいの。それとも好きだって言ってほしいの？　死んでも言わないから死んでいるかも」

彼女の目的は有村ではない。高橋さんとのリアルな描写に興奮した彼女は僕も虜にしようとしているのだ。これはわかりきった筋書きかもしれない。でも僕は有村と和枝の関係を知らない。彼女は浮気のスリルを味わうために僕をからかっているだけかもしれない。

それからこの奇妙なデートは数回続き、有村は当然のように帰ってこなかった。


気がつけば、僕は有村が高橋さんの部屋でしていたのと同じことをこの部屋で和枝にしていた。彼女に利用されたことを否定するために。薄闇の中に女体が白く浮かびあがり、僕は深い闇の中に落ちていった。和枝は入道雲のように僕にまたがり海中に僕を沈めるために何度も水平線を飛び越えて叫び、ぐるりと反転しながら僕より深く沈もうとした。海の匂いでもない革の匂いでもない渦の匂いが立ちこめて有村の部屋は泡の修羅場と化してしまった。檻の中で雌雄の獣が捉えられていることを忘れて絡まり、有村の書いた日記をシナリオの台本にしてしまっていた。

ホントウハ、ボクノコトガスキナンダ、トイイナサイ……

いつまでも有村は帰ってこなかった。きっと高橋さんのアパートに行っているのだろう。そして僕たちと同じことをしている。夢の中で和枝は有村に抱かれ、僕は高橋という女を抱いている。

「有村の部屋をこんなに滅茶苦茶にしてしまって、完全に証拠を消さなければね」

と僕はいった。

「いいわよ、ばれたって、いい気味だわ」

「なんだか僕は君の復讐劇の役に抜擢されたみたいだけど、有村にとっては想定外の展開だね。不思議に思うんだけど、君と有村はどういう関係なんだろう」

「また、へたくそな質問ね。精神的な関係よ。一つだけ共通点があって、それだけで二人はつながっているのよ」

「へえ、どんな共通点なんだろう」

「タバコ吸ってもいい?」セックスの後のタバコは最高という表情で和枝はタバコを天井にふかしてから灰皿を探した。


次の日、キャンパスの法文館コンコースで有村に会ったと和枝にいわれた。

「有村君は、高木はアホやなあ、俺の部屋で和枝を抱こうとして下手くそなウィンクをしながらキスをしようとしたんやろ。最低のアホやで、と言ってたよ。彼は顔を合わせようとはしなかったわ。日常というのはこういうものかと思った。何もなかったことにしてはやく忘れようとすることだわ」

和枝はどこまで彼に話したのだろう。二人で彼の部屋に入ったことはバレたに違いない。それで和枝は、二人で何かをしたわけではない。ただ僕の方から肩を引き寄せようとしたが彼女は拒絶したのだと言ったに違いない。そう言わなければ許されるわけがない。彼の部屋には匂いが残っていて彼女だけの匂いではないと有村は気づいたに違いないのだが。あの時の匂いはそんな匂いではない。たぶんトイレで味わう男のものとも女のものともいえない自分の匂いだ。

和枝も神戸が好きだと言った。だから神戸に行くのだとみんなに言っていた。実は有村の実家は神戸なのだ。

ある日、有村の部屋を出てから僕たちは神戸北野のメキシカン・バーに入ってから隣のホテルに入ることにした。

バーテンダーが目の前にいるにも関わらず、彼のことを無視しながら、しかも聴かせるように和枝と強がりな会話をしはじめていた。

「わたしはものごころついたときに、自分は天才じゃないかと思ったことがあるの。そして、もし天才じゃないことがわかったら、さっさとあきらめて死んだほうがよいと思っていた」

僕はこういう話題にはついていけないので、はやく話題を変えようとして焦った。

「それは、決して天使のささやきじゃないよね。きっと悪魔のささやきだよ」

バーテンダーの顔色をうかがうと、うつむいてグラスを拭くばかりで聞こえないふりをしていた。

「そうなの、だれだって子供のときには自分は天才だと思っていて、実際はそうじゃないことに絶望しながら大人になるのじゃないの？」

「だれもが君のように自分が天才だとは思わないと思うよ。平凡だから幸せに生活して結婚して家族をもち、凡人の人生を完成させる。凡人こそ完全な人間を証明できるものだと思っていると思うよ」

「そこなのよ、あなたが嫌になるのは。まるで親が言っているみたいなことをいうでしょ。本当にそうなの？　私はね欲求不満でここにあなたを連れてきたわけじゃないのよ。それなら教育委員会の役員さんとここで飲んでいるわ。本当は有村さんのことを聞きたいの。あの人は私のラスコーリニコフなの。自分が天才でなかったら死んでもいいというの」

「へえ、それはまた変わったラスコーリニコフだ」

「そうよ、変わっているわ。あの人は文通だけでいいと言うの。手紙の中に部屋の鍵まで送っておいて、行くといつも居ない。もう住んでいないから空き部屋みたいだわ。今どこに住んでいるのかなあ」

「有村に会えないから代わりに僕と会っているのなら、それでもいいけど」

「でも、有村さんは本当にあなたに似ている」

僕はことばを見失って、もう一度バーテンダーの顔を見た。彼はなんでも知っているはずだ。

「本当は僕も天才だと思っている。だから生きているんだけど、天才じゃないと生きてはならないと言ってしまえば、たぶん人を殺すことになるよ」

バーテンダーの横顔を見ながら彼女はさらにつけ加えた。

「人を殺さなかったら自分を殺すしかないわ。だれの心の中にも悪霊がかくれていて、そのことに本人は気づかないだけだとおもう」

「そうかなあ、ぼくはだれの心の中にも天使がいて、悪霊の言葉を封印しているのだとおもう。たぶん人を殺すことになるからだとおもうな」

「そうなの？　あなたの中にも天使と悪霊が住んでいて、天使があなたは凡人だといい、悪霊があなたは天才だというのね」

彼女はまたテキーラのお代わりをしていた。酔っ払ってからホテルに入り、いつもの教育委員会のハゲ頭を抱く時みたいに脱ぎちらかす準備をしていた。

「いや、人生には天使の門と悪霊の門があり、門番がいて、その門番にはわかっているんだ。やってくる人が天才なのか凡人なのか」

「へえ、なんて邪魔くさい話なの、それじゃあ、わかっているのね。天使の門をくぐったのでしょう、死なないように。あ、わかった。わたしにも天使の門と悪魔の門があるってことなの」

「天才だと思ったのなら死んでもいいから悪魔の門に入ればよかったのかもしれない」

「そうなの？　わたしは委員会の会長と悪魔の門に入るのよ。あのオヤジは貿易センタービルの受付をやっていた時にわたしに目をつけて名刺の裏に伝言を書いたの。その時は確かに欲求不満だったけど、今は欲求不満なんかじゃないわよ、あなたが好きだから」

　彼女はかなり酔っ払っていた。でも、どうして、僕とは全く関係のない教育委員会の官僚との不倫関係を僕に話すのだろうと思った。これは救い難い自分自身を僕に曝け出そうとしているみたいに思えた。肉体とともに罪までも僕にぶちまけるのか。僕が懺悔を受け止めるほど強い人間ではないことがわからないのだろうか？

目のやり場のない会話にバーテンダーは笑いをこらえているのだろう。彼女はこの調子で教育委員会とも話しているにちがいない。

「そんなもんだよ。人生なんて。むかしむかし自分は天才だと思っている貧乏学生がいて、ただ生きているためにだけ生きながらえている金貸しの老婆を殺しても罪にはならないと思って老婆を殺して金を奪った」

「ドストエフスキーの罪と罰でしょ。教育委員会的な話題ね」

「あれは、ただのユダヤごろしの寓話だと思うよ。でも、世の中にはいくらでもある話だよ。教育委員会のオヤジが自分を天才だと思うのは勝手だし、天才だから君と不倫しても良いと思うのも勝手だけどね」

「ああ、思い出しただけでゾクゾクするわ。彼は確かにベッドの天才なの」

そんなこと知るか。僕はこの女から早く逃れて早く家に帰ることだけを考え始めていた。こんな話とは無関係でいたい。無理矢理に文学の話に持っていくしかなかった。

「主人公のラスコーリニコフは自分が天才だということは証明できていない。しかし本人は証明できたと勝手に思っていた。もしかしたら、凡人を殺せば天才が証明できると思っていただけかもしれない。ある民族はユダヤ人を殺せば民族の優秀性が証明できると思っていただけかもしれない。政治家にせよ実業家にせよ同じ原理で戦っている。勝てば天才、負ければ凡才だよ。悪魔の言葉を聞いた彼らは限りなく凡才だよ。天才を証明できたのはラスコーリニコフじゃなくてドストエフスキーのほうだからね。そしてこの現代を支配しているのは天才じゃない。勝った者が天才だと思っているだけだよ。教育委員会の会長も喧嘩に勝っただけの男だよ。君は負けただけだし、勝ったものが天才なら負けた君は凡才を証明したことになる」

「へー、あなたって本当に変わった考えの持ち主なのね。それじゃあ、文学小説の陳腐化だわ。やっぱり悪霊にとりつかれているんだ。すると、あなたの文学論ではラスコーリニコフは負けて凡才に留まったのね。でも、わたしたちはどうなんだろう」

彼女はまだ飲み足りないらしくてホテルの冷蔵庫からジンの小さな瓶を取り出したら、どこからかコンドームも出てきたらしい。

「勝手に僕を含まないでほしい。教育委員会の会長は自分が天才だから許されると思って凡才の君を抱いたつもりじゃないの？　カトリック教会や会社のセクハラも同じだよ」

「全ては酔っ払いの冗談だよ」と笑いながら、それでも隣のホテルで抱きあった。

ホテルの窓からは神戸教育会館と回教寺院が同時に見えて小さな三日月の夜空が異様に青く見えた。

和枝は有村のいつも留守の住所を知っているのに、僕の住所を聞こうとしないし僕の実名の実態を知ろうとはしない。

あのときに気がつけばよかった。彼女と別れて二年近く経ってからいきなり「逢いたい」

と言ってきた時に気がつけばよかった。

「会ってもいいけど僕には、もう婚約者がいるんだけど」

しばらく電話で考えてから
「それでも会って。有村君がどこを探しても見つからない。たぶん天才じゃないから死んだほうがましだと思ったんだわ」

と言われて北野のホテルの部屋で思い出をかみしめるように抱きあった。

「大丈夫だよ。有村は絶対に生きているよ」

「でも、有村君の部屋はなくなっているわ。まるで夢のように消えてしまった。有村君はどこにもいないわ」


それから次の土曜日に僕は北野のメキシカンバーには一人で入った。

バーテンダーは変わっていなかったが、なんだか驚いた顔をして歓迎してくれた。

「あれから和枝さんは来ましたか?」

「ご存知ないのですか。彼女は自殺しましたよ。恋人が自殺したらしい。あなたのことだと思っていたのでびっくりしましたよ」

一ヶ月前に会ってからホテルを出る時にいきなり「ありがとう」と丁寧に言われた時に

気がつけばよかった。会ってから二日後に手紙が着いていて、「これからも頑張って書いてください」と結んでいた。

バーテンダーは静かに言った。

「彼女は別れてすぐに別のホテルで自殺したらしいです。彼女は自分が天才じゃないと決めてしまったんですね」

「そんなことまで、ここで話していたんですか」

「いや、黙って聞いていただけです」と有村のノートをカウンターに置いた。

僕は「罪と罰」を実感した。

彼の視線は僕の目の奥の闇を井戸でも覗くように見ていた。

「実は有村なんて人間はいないのです。このノートを書いていたのは僕なんです」

「じゃあ、あなたは有村という人を演じていたのですか？」

「いえ、今も高木を演じています。有村はもう死んでいないのですから」

「それはまるで作家の見えないデジタル社会のようですね。罪つくりな話だ」

と、バーテンダーは危険なものでも見るように苦虫を噛み潰したような顔で笑った。

等高線

獣道のような狭くて荒れた林道から斜めに下ったところで道はアスファルトになったが、海まで滑落しそうになった。すっかり暮れてしまった山道で僕は道に迷ったみたいだ。自転車のライトはしっかり充電してきたので、まだまだもちそうだった。それに道は平坦で舗装もよく、もう坂道は無くなっている。ところが、いくら走っても同じトンネルにもどってきた。そもそも目的地のないサイクリングだが、何処かにたどり着かないと終わらない。到着しなければ自転車から降りられない。ここは逃げ道のない島なのだろうかと思えてきた。そんなわけはない。自転車で島にやってこられるわけがない。もう長い時間、足をつくことなく墓場のような闇の中をさまよっているので、地面があるのかないのかわからない。何度も同じ所をまわっているにちがいなかった。ライトに照らされて灰色の獣が逃げていった。遠くに灯台の光があった。遠くの街は墓場に見えた。

そこが島のように思えたのは岬を横に抜けるトンネルをくぐっているからだ。岬を真っ直ぐに進んでいるつもりがすでに迷っている証拠だ。行き止まりで黙って住んでいるこの先の岬の人も迷っているのかもしれない。原因はあのいまいましいトンネルだ。トンネルの中には街にもどる別れ道があってもよさそうなものだ。何度もトンネルに戻ってくるが、闇の先は一直線だった。トンネルから出ると空は少し青く、風が吹いていて海の匂いがする。すると、また同じ景色なので島なのか半島なのか分からない。右手にはいつも海の匂いが張り付くような風でやってくる。コースを外れてサイクル仲間は一人もいない。

僕は自転車に乗ったまま眠ってしまったみたいだ。目覚めると女の柔らかな腰が僕の腰にあたっていて思わず触って確かめてみた。

「ううん」と甘えた声がして女は僕の手を取って自分の丸く広い腹部に置いた。その中心を確かめるように女の臍に中指の腹を当ててみたら、女は手の甲に手の平を乗せて「こうやってなでて、まあ暖かい」と寝言をいった。撫でる手のひらは渦巻状の腸にそうように円周を広げた。骨盤までくると円は恥骨を渡って反対側の腰骨に渡るが、もう一度まわった時に指先が恥骨の下で引っかかり、またもや同じ所を回っているのだから迷っている。

早く目を開けないとまずいと思ったのだが、真っ暗闇に引き込まれたみたいで目を瞑ったまま海の匂いに引き寄せられていた。またしてもトンネルにさしかかり、そこには柔らかに僕を迷わせる仕掛けがあり、トンネルを抜ける度に彼女は声をあげた。

落下した時のことは覚えていない。それからどれだけの時間が経ったのかもわからない。

「やっと目が覚めたのね……」と再び女の声がした。

「……あなたはガードレールを飛び越えて上の道から下の道に落ちたのよ。憶えてる？」

とややあきれかえった口ぶりでつづけた。

「意識がないので怖かったわ」

「あのトンネルがなかったら僕も迷わなかったのに」

怖いという記憶はないが、無意識の中で生きていたのだろうか
記憶を焼き尽くして現れた現実はふくよかな女の肉体以外にはなにもない。

「三日間も意識がなかったのよ。あなたのからだが目覚めて意識はそれに気付いただけよ」

「すみません」ととりあえず言った。それから数秒して「ありがとう」と言った。

女がカーテンを開けたので見えかけた女の顔が逆光の中に消えた。女は面長ですっと伸びた鼻筋が濃い輪郭となって現れた。

「ここは病院ではないみたいですね」

「テレビも新聞も止まっていますからね。今ではまるで孤島ですわ」

「少し思い出しましたが、僕は岬の丘に自転車で登っていて、暗くなって道が分からなくなって同じ所を回っていたみたいです。あいにくの曇天の夜になり何処を見ても真の闇でした。やがて自転車のライトも電池が切れてトンネルに吸い込まれるように意識が消えました。それから時間がまったく消えたみたいで闇も光もない海の中にいたと思います」

「じゃあ、ご覧なさいよ、窓の外を」

首をあげると空が真っ白に見えた。その下には輝く光が散らばっていた。

「あ、海だ」と僕は思わず叫んだが、自分でも声が大きすぎると思って口を押えた。しかし、海岸線が見えず宙に浮いたみたいでイライラした。

岬の先の小さな港町のビルは水没して墓石のように見えた。そこは海に沈みかけた孤島の街になっていた。

「不思議でしょ。自転車に乗ったあなたがどうやってここにやってこられたのか」

僕にはそこが何処なのか街がどうなっているのか整理できなかった。精神錯乱の真っただ中でトイレがどうなっているのか一瞬気が付いた。

「あ、僕のレーサーパンツはどこに行ったの？」

「とっくに洗って干しているわ」

「どおりで何もはいていないんだ」

「さすがに、ロードレーサーね。下半身だけでも生きていけるのね。でも、良かったわ、なにもなくて、介護の甲斐がありましたわ」

と、彼女はいった。それは懐かしい笑い声だった。

「やっぱり、あなたでしたか、わかりますか？　なんだ、きみか？　僕がここにやってきた理由が。岬巡りサイクルロードレースというイベントがあって、それは一種のサバイバルゲームだけど、そこで君を見つけたんだ。世の中にはまったく同じ姿の人間が三人いると言われている。ヘルメットの下の君の顔をちらっと見たとき亡くなった妻とまったく同じ顔をしていて、それも若い時の顔だ。驚いて僕は君の後についてじろじろと体型から肉付きまで観察していた。するとサバイバル・レースなのにサバイバルできなくなったみたいだ。夜になってしまって道に迷うと君を見失ってしまった。でも、僕は今どこにいるのだろう？　夢の中だろうか？　あるいは死後の世界だろうか？　僕は眠っているのだろうか？　それとも死んでいるのだろうか？　だって、死んだはずの君にあえるなんて考えられない」

「あははは、まるで小説みたいなお話ね。私はあなたの奥様のクローンかもしれないわ。

もしかしたらそうかもしれないわよ。完全なクローンで肉体ばかりじゃなくて心までそっくりなのかも」

「君は冗談を言っているのだろう。でも、何もかも死んだはずの家内にそっくりで、瓜二つと言いたいくらいだ」

「あら、人のことをクローンだなんておっしゃって。あなたこそクローンじゃないの？」

そういわれてみると、僕は今とても若い。彼女の過去にあわせて僕も若くなっているのだ。そして記憶までもまったく同じように再生されているのかもしれない。クローンだからよみがえっているのかもしれない。こんなに楽しい夢の中に生きてゆけるのなら、僕はいつまでも眠っていたい。もし死んでいるのならいつまでも死んでいたい。

「実は、ここがどこなのか全くわからない」

「あら、憶えてらっしゃらないの。あなたは上の道から下の道に落ちてきたのよ。この辺りは道が等高線上に走っているのよ。だから、上の道と下の道は永遠につながらない平行線なのよ。だから、あなたは地獄にはまったみたいに同じところを走っていたのよ」

「さすがにするどい。家内と同じように飛躍する」

「おなじだなんて？　いやだわ。飛躍しているのはあなたでしょ。わたしのことをまた自分のものにしたいのでしょ。もう、いいけどね」

「ちょっと待って。ここがどこなのかほんとにわからなくなった、あ、そうだ、自転車レースのパンフレットがあったでしょ。そこに場所が書いている」

「パンフレットはありますけど、自転車レースのではないわ。これでしょ」

そこには「幸せの岬墓苑」と書いてあった。「完全バリアフリーの理想郷」「各周回路までエレベーターが運んでくれます」と続き、エレベーターの写真があり、内部のディスプレイはタッチパネルを押せば自分のお墓に行けます、と書いてあった。最後にあるのは「これからは一人一人のお墓です」という決め文句であった。


朝がやってきて、僕を窓の外にほうりだした。

三本の鉄柱の上で黄色い旗が風に吹かれて破れそうになっている。空は薄紫に鈍く光り、海岸まで歩いたが港は沈んでいた。どこか見覚えのあるオフィス街にはボートが並び、テラスの上では人々がバカンスを楽しんでいるようにも見える。川も橋も沈んで川辺のヨットやカヌーがそのまま浮かび上がったのだ。波はなく水は透明で魚の群れが見える。見上げると高層ビルに人が住んでいて洗濯物を窓から垂らしている。海原はどこまでも平面で陸地にはビル群だけが残り川のあった地図は消えている。

建物は大きな墓石に見える。地下鉄が海中深くにあるに違いない。時々泡が上がってくると思ったら黒い水が煙のように沸いている。水の闇が沸き上がっている。

ビルの二階のビヤガーデンにまで水位が上がっていて青空の下にビーズのような雨が降っていた。雨粒の光が乱反射してすみれ色に輝き幸せな一瞬が限りなく降ってきていた。足元の水は透明で青空を映しているようだが逆流した海水が風景をうぐいす色に曇らせていた。変わらないのは海の匂いしかない。海がやってきたのだ。水平線と河を割りながらすくえそうな魚までも引き連れて。そして、見えなくなった妻も海の中から帰ってきたのだ。

「あら、地盤沈下だと思っていたの？　そうじゃなくて海面上昇よ。地震からずいぶんになるわ。予想外の速さで海面は上昇したわ」

例のごとく彼女は抜け目なく僕のそばにいた。それが幸福というものだ。

「そういえば忘れていました。自転車で登ってきたのだから標高はあるはずだ」とカヌーの後ろの席の彼女に言ったが振り向こうとすると転覆しそうになった。

海岸線から港がきえていた。沖の船が通り過ぎると波が立ち、ビルの壁にぶち当たると不気味なボコーン・ボコーンと音を立てる。次に洞窟の奥のほうから響き渡る怪獣の声のような超低音が伝わってくる。窓の中の空洞が音を受けて呼吸のように建物の中を駆け回っている。ビル全体が巨大な楽器になって恐竜のように哭いている。

僕は乗ってきたカヌーのロープを逃さないようにテーブルの脚に繋いでいるが、念のために足の甲に巻きつけている。これでテーブルの代わりに僕が持っていかれるかもしれないが、カヌーは逃げなくなる。山並みのほうへ向かうとカヌーはロープの先の犬のように時々あばれた。山麓にまで海が浮き上がっているにもかかわらず川筋が残っていて土手がカヌーを遮るように沖まで続いている。このあたり一帯の川は天井川で一面が水田であったことがわかる川から水を引くため平地は川面よりかなり低いのだ。水田にできた住宅街はすべて海になっている。

以前は丘だったところが島になっている。いつの間にそうなったのか確かめたかった。等高線はなぜ周回していて本土と繋がっていないのか、本土の岸から丘に登って確かめたかった。昔の坂道がそのまま海に沈んでいるので、僕はガードレールにカヌーをつないで滑りそうなアスファルトの坂をサンダルで登っていった。斜面の住宅街はかなりくたびれた感じだが、似たような辻が続いていて同じような石垣に視界が囲まれて迷いそうになる。「この街にやってくる人は必ず迷うから決して手を離してはならないわ。迷って道を覚えるほど孤独になってほしくないの」

彼女は静かに道を教えてくれたが、特に感情を表すこともなく、用が済むと家の中に消えてしまった。坂の石垣の下から見上げると彼女の顔は眩しい逆光の中にあり、顔はあまり見えない。

ともかく灰色の建物が建てこんでいたが、屋根の高さがばらばらで、家が並んでいるというよりは屋根が複雑に重なっていた。

このあたり、地盤沈下は音もなく波風も立てずにまるで急性老衰のようにやってきたのだ。

「あなたは等高線に迷い込んだのよ。等高線に入ると永遠に出られなくなるわ。まるで地層の中の化石ね。永久に出られないけど、わたしが生きている等高線に来てくれたのよ。ガードレールを飛び越えるなんて、あなたらしいわ」

どうも、ここでは時間は地層のように重なっているらしい。横積みされた書類の中に記録されているように。記憶を失うと記録に頼るしかないが、そういえば、会社の事業報告も業務日誌も横積みされている。日記も小説も僕の中では横積みされた記録で記憶のない人はそれを頼るしかない。歳をとると事件を屁理屈で解釈するしかない。若いときにはわからない話だ。

これは、どうしてもフィクションで済ませたい現実だ。地震も津波もないのに一日で海面が上昇してしまっていた。丘の上から見晴らすと海上に古墳のような島が浮かんでいる。何事もなかったように太陽が輝き、鳥たちが海面を滑走している。こういう事態は脳が壊れたから起きたとしか思えない。崖から落ちたことは覚えている。しかし、今はこれが現実だ。

街は水没しているので水平線が絶対の基準になっている。しかし波打ち際の海面が遠くの水平線と同じ高さだとは思えない。水平線と海岸線がつながるとは思えないのに津波がやってきたときには確かにつながったのだ。暗雲のような津波の記憶に重なるものがある。岬だ。岬の海岸線は水平線に導かれるようにのびている。それは水没した峰であり、海岸線の下には昔の海岸線が沈んでいる。海岸線と言ってもそれは等高線の一本に過ぎないのだ。この街の町長は今後の地盤沈下も予想していて、すべての道路を等高線に沿った水平の道路にしようとしている。まったく坂のない道路が岬をめぐっていて、等高線を乗り換えるためにはエレベーターを利用しなくてはならない。二つの岬の挟まれた湾の奥にある港町には崖があり、トンネルの奥にはエレベーターがある。サイクリストたちはこのエレベーターで山に登り次々に等高線を乗り越えては楽々と岬巡りをするのだ。この港町にはエレベーター以外の交通機関はなく、これは最高の省エネ構造なのだ。道路は運河と同じで、運河を走る船が水圧ドックで等高線を乗り換えるみたいなものなのだ。

水没の半島では暴動がおきている。男たちはカヌーに武器を隠しているのだ。死が海の向こうからやってくる。朝も夜も向こうからやってくる。男も女も向こうからやってくる。

だが、暴徒はこれから朝の中に夜の中に死の中に突っ込んでゆくものたちだ。そして死者がやってくる前に飢餓に向かって突っ込んでいこうとしている。

僕が逃げこんだのは怪しい手作りの集合住宅で家の境界がわからない。入口がたくさんあり何処からでも入れたが、何人住んでいるのかわからない。男女は服を着たまま重なって寝ている。生まれた子供は茶碗におかずをのせて食べている。食事時間は曖昧で誰彼となく他人の家のご飯を食べているようだ。僕もそこに無断で入りこんだ逃亡者だが、誰も拒むものはなく、女たちはむしろ知らない男にあこがれの視線を送ってくる。暗黙の了解がありそっとキスをするように体を許しあっている。この世の終わりの乱交かと思われるほど身体が望まれているみたいだ。それに彼らは情報に飢えていて本を読みあさっている。それに僕のような見知らぬ男は情報源そのものなので壁と床を埋めつくす古本に埋もれながら何人もの女を迎え入れることになった。

丘の上に廃墟の建物があった。しかし階段も坂も見当たらず、どのようにしてその建物に近づくのかわからない。建物といっても遺跡に近く真っ暗な部屋の奥に青空が見える。このあたり小さな峰と谷が入り組んでいて藪に埋まっていた。過去が等高線のなかに閉じ込められるというのは単なるフィクションだ。アンモナイトでもあるまいし、時間の中に閉じ込められるなんて御免だ。僕を等高線の中に閉じ込めることは不可能だ。等高線によって時代が違うというのもくだらないフィクションだ。

若い男が軽々と坂道を駆け上ってぼくを捕まえに来た。僕は墓苑管理会社のセールスマンにつかまってしまったのだ。

「ここは、いや、あそこはもともとは樹林におおわれた丘だったのですよ。等高線によって墓石を建てた時代が違うのです。波を避けるために海岸から少し離れたところに最初の墓地はあったのですが、時代がうつると墓地は足らなくなる。人口は増えなくても死者の数はどんどん増えています。死者の人口は生まれた人口が累積したものですからね。一度生まれて一度死ぬのだから生者と死者の数は同じだと思っていませんか？　そこで等高線を重ねるように墓地は奥へ奥へと段を重ねていったのですよ。すると墓参りにはかなりの階段を登ることになるのですが、墓地は企業化されるようになりました。管理もどんどんと合理化されるようになりました。それまでの墓地というものはひどいものでしたよ。歳を取ると墓参りはできなくなる。杖をついたり、車いすの老人には近寄りがたいものになりました。墓参りをしたがるのは人生の終末期の老人ばかりなのに、墓地は登れない。つまりバリアフリーじゃないからですよ。そこで墓地管理会社が考えたのがエレベーターと周回道路の組み合わせですよ。うまく考えたものです。車椅子や自転車を運べる斜めのエレベーターを墓地に設置したのです。すると、もちろん墓参者は増えたし墓の注文も増えたのですよ。これまで家の墓であったものが個人の墓に変わりつつあるからです。家の墓というのは空き家も同然ですよ。個人の墓を作らなければ死者は家に消されるのです。それがアジアというものでした。わが社の目的は山を個人墓で埋め尽くすことですよ」

「そんなことはないでしょう。個人の墓なんて誰も参らなくなるでしょう。参る人も死んでゆくのですから。ヨーロッパでそれほど墓場の増えないのは昔の個人の墓を埋めるからですよ」と僕は空しくいってみた。

「あの等高線の墓場は忘れられた墓場ですよ」

「いや、墓は自分のためのものですよ。墓場に持っていくしかない秘密をもっていこうとする生者が自分の墓を作るのです。自分だけに語るためです。死者には墓なんていりませんよ」

光の中で太陽が熱気を帯びて溶けてゆく。ネガフィルムの暗さで港は人々をシルエットに変えてゆく。細い岬が太陽を海からうばいとって沈めようとしている。夕日を見る遊歩道の人々は鳥に似た余白のない目鼻立ちをしている。港の空気がいっきに冷え込み、視線は透明になって海上を飛び回り海底を探して不安になっていて、透明の行きつく先は永遠なのか、甘い悲しみが恐怖に変わろうとしている。

箱工場

Maurice
Ronet

「箱工場というからには、てっきり箱を作る工場だと思っていましたが違うのですか？」

「いや、そこがわからないんだよ。そこを調査するのが営業部の仕事なんだよ。君を選んだのも飛び込みで実態調査をしてほしいからだ。君の営業スタイルは飛び込みだし、こちらの商品を売るためには相手の商品を知ることだ。相手も商品を売りたいのだから、君のやり方で箱の実態を調べてほしいのだ」

「わかりました。箱が商品だとしたら、箱に収める商品を探しているはずです。商品のパッケージを探している商品メーカーの情報を流せば食いついてくると思います」

かねて噂の箱工場だった。箱を作るだけであれだけの売り上げを伸ばすなんて、その秘密を探りたくなる。

「営業は魚釣りと同じだ鯛を釣るためにはエビが必要ですよ。経済は物物交換が起源ですからね、出張の予算はよろしくお願いします」

僕がそういうと課長はうれしそうに笑った。

箱工場はM岬の先にある。鉄道はまばらで時間がかかるのでレンタカーにした。

半島では山々が幾重にも重なって見えたが、さらにその先の岬は山影に隠れて見えなかった。最後に見えてくるのは岬ではなく島なのだが、そこまで行くと目的地だ。地元の聞き込みでは、何度も繰りかえして現れてくる小さな岬のことを鼻と呼んでいた。次々に鼻ばかりが飛び出して半島の先端にはなかなかたどりつかなかった。道路と並行してあてにならない鉄道会社の鉄道が走っていた。列車は海岸線ぎりぎりに走り、水なのか砂なのか判らない白いものを巻き上げていた。磨き上げられたレールが輝いていたが、列車の黒い影は時々山脈の影に包み込まれて見えなくなり、また光の中に飛び出すと海岸線を引き裂く刃物に見えた。コロナ禍の後、メーカーは次々に生産ラインを地方に移転させた。機械化とデジタル化で在宅勤務がすすみ、経営者の中にも在宅勤務するものが増えたので経済の情報が極めて希薄になってしまった。代わりに私のような調査会社のコンサルタントが連絡役を引き受けてのパシリの仕事が増えた。

リスク調査依頼のあった箱工場は半島の先端に移転したが、おそらくカーナビにもグーグルやヤフーのデジタル地図にもまだ載っていない。地図に載ってからではこの仕事は終わっている。ともかく、そこに早くたどり着いて人と物の調査を始めなければならない。ところが半島の海岸線が曲線であるということは都会生まれの私を苦しめている。半島が三角形でもないかぎり半島の先端は見えないだろう。

海岸線に道ができたのは昭和になってからであり、それまでは中央の峠を越える中央道路しかなかった。その道を選ばなかったことを後悔するしかなかった。中央道路なら直線を目指し、遠近法で距離感もつかめるだろう。

目的地の目印は灯台だったがどこにあるのかわからない。灯台は沖を照らすもので海岸線からは見えなかった。それに、夜にならなければ灯台の光は見えないはずだ。

最後のトンネルの先の岩場に灯台はポツンと立っていた。

そこは不便極まりない田舎だが、意外にもちゃんとした港湾施設があった。

港以外には目をひくものは何もなく、ようやく見つけた港の看板の地図で目的の箱工場を見つけたが、さらにがっかりした。

工場は峰の上にあったのだ。地図に従って坂道を登ると黒い箱のような工場があり、高い研究棟が風に鳴っていた。風は海から真っ直ぐ坂道を吹き上げていた。坂道の上からふりむくと、目印の海辺の灯台がよく見えた。中央道路からは見えない位置だ。工場の横には高いタワーが立っていて、おそらくそれを灯台だと思い込んでいる人がおおいだろう。

工場調査の鉄則のように私は工場の周囲の環境から調べ始める。工場の周りは真っ黒な土がわずかの緑色に覆われていたが、土は輝いて見えた。おそらく、炭鉱のボタ山を整地した上にこの工場は建てられている。だから工場用地は極めて安く手に入ったはずだ。だが、炭鉱の町から一旦火が出たら工場が燃えるばかりかボタ山はクリフォード・チャタレイの領地のように丘全体が燃え尽きるまで何年も燃え続けるであろう。そこが問題なのだ。そこで私は測量士Kのようにのこのことやってきたのだ。Kがリスク調査員であったことはとっくにわかっている。それも私の調査能力の高さだ。そのため、私は選ばれてやってきたのだ。ボタ山の上の城というのはどこにでもあることだ。真っ黒な箱型の工場本体の横にある問題の廃屋はすぐに見つかった。

箱工場の受付カウンターは独特で、椅子に座る女性の半身が見えていた。それも上半身でも下半身でもなく右半身だけが横から見えていた。わざわざ太ももを見せたいのか、ミニスカートでの腰をひねって脚を組んでいた。みるからに香水のきいた混血の体をしていた。都会的な香りが漂っていて見とれるほどの美人だった。

彼女は回転椅子で脚を組み直し、外側の太腿をこちらに向けて浮かせた。監視用のカメラの死角で相手を選んでやりたい放題だ。馬鹿にされているような気もするが、自惚れが誘惑に引きずられていった。

浮かせた股関節のあたりは闇の領域だ。

「リスク調査員の高木と申します。矢野様にはご連絡させていただいておりますが」

「はい、承知しております。どうぞ」

同族会社だと聞いていたが、社長の娘ではなさそうだ。渡された名刺には代表取締役と書いてあった。

いちいち名前に驚いている暇はない。平静を装い、再びパソコンに向かう彼女の横顔に見惚れた。

彼女が代表取締役だというのはありえることだ。実権を握ると好色になるのかもしれない。勝手気ままに歯止めが効かなくなっている。だが、社長を女性だと決めつける確信はない。男性でも女性になっている場合もあるのだから。

明らかに回転椅子から垂れているショッキング・イエローのひもは彼女の太腿の陰から出ている。タンポンのヒモのようでもあるが長すぎて束ねられ、ミニスカートの上に乗っている。ところが彼女が立ち上がろうとした途端にヒモの先の丸いものが床にコロコロと転がってきて私の足元で止まった。思わず拾い上げた丸いものはヨーヨーに見えた。それをカウンターの上に乗せようとすると、いたずらな目で彼女は私を睨んだ。少し引っ張ってみると伸びたからだ。

「子供の頃に初めてヨーヨーを見た時にそのヒモがゴムのように伸びるように見えましたけど、違うんですね」

彼女はカウンターに置くためにそれを私の手から取った。

「あれは、ヒモをなめらかに巻き戻すからですわ。でもこれはただのヨーヨーじゃありません。用件を早くおっしゃってください」

「工場の箱製品の製造ラインを見せていただきたいのですが」

「あら、あなたは調査員だとおっしゃりながら、この工場の基本的な認識もお持ちじゃないのですね。確かにこの工場は箱を作っておりますが、どんな箱だと思っていらっしゃるの？　エレベーターだって写真機だってスーツケースだって箱ですよね。そして出荷に際してはどんな製品も段ボールの箱に入りますよね。アマゾンの本だって箱の形で扱われるから全ての製品は箱だとも言えますよ。弊社ではそんな箱は作っておりません。大抵の箱というものは中身は空っぽですから」

「と言われましても、私にはますます御社の箱製品のイメージが湧きません」

「それは見ていただければすぐにわかりますわ。どこからご覧になります？　ともかく弊社を上空から見ていただければ全貌がわかりますわ」

その時だった。受付の交代らしく別の少し若い女性が同じユニフォームを着てやってきた。彼女も混血の顔をしていたが飴色の南国の肌をして円らな瞳で年齢のわからない童顔をしていた。

「お疲れ様」と年下の女性がマニュアル通りの挨拶をすると、

「よろしくお願いします」と社長の名刺の女性が軽くあしらった。

矢野あきらという名前はこれまでの調査では出てこなかった新社長の名前だったが、ひらがなの「あきら」は女性の名前のようにも見えた。

受付業務を終えた社長はエレベーターホールに私を案内した。

二人ともこの地で採用されて、おそらく箱工場の歴史も製品も何も知らない雰囲気だった。彼女らを頼りにこの工場のリスク調査をするのは想定外の誤算だった。

エレベーターは天空に向けたタワーの中を登り、天辺には展望台が見えていた。

エレベーターの箱がいかに高速で正確に移動できるのかをテストするために研究棟はある。それより、私が教えて欲しいのはむしろヨーヨーの機能だった。見ただけではそれは大人のおもちゃにも見えた。ただそれだけではここまできた甲斐がない。本来の箱工場のリスク調査の使命を忘れては仕事にならないことはわかっていた。

「その件は、後で詳しくご説明しますわ。でも企業秘密なので本当の機能が何なのかをご説明するのはかなり困難な話ですわ」とかわされた。

展望台は研究のためにあると思ったが、その半分は宿泊施設でタワー・マンションの最上階の間取りであった。流石にこの部屋を勝手に使えるのは社長だけだと思えた。でも彼女が社長だとしたら、私自身は彼女にとって何なのだ？　得体の知れない調査員をいきなり秘密基地に誘うというのは何の真似なんだろうか？　コロナ禍の中、とんでもない自由がやってきたのだろうか？　お互いに公私混同は激しすぎる。これではまるで官能の世界だ。このままでは私の調査ははぐらかされて、仕事にならないかも知れない。女社長は私と仕事をするつもりはまったく無い。ただ遊びたいだけかもしれない。それでもいいかという心の余裕が恐ろしい。無秩序が何もかもを飲み込もうとしている。そんな奈落が待っている。仕事の秩序は日常の無秩序に飲み込まれようとしている。物語は夢に誘導されて目覚めている。

私は手持ち無沙汰で手に取ったヨーヨーを時々投げてみた。投げては引いてその独特のタイミングでヒモがまるでゴムのように伸び縮みするのは快感だった。すると彼女は身を捩るのだった。

「どうしたんですか？」と私は聞いた。

「たまらないわ。わたしがずっとヨーヨーをもっていたのはヨーヨーのできる男を待っていたからよ。ただできるだけじゃあダメよ。上手じゃなきゃ。中指にヒモをかけてヨーヨーを回転させるのを見ているだけで、その絶妙なタイミングに体が溶けそうになるわ。そのあなたの中指の形だけでいきそうになる」

「まあ、なんて事をいきなりおっしゃるのですか」

「そのヨーヨーはちょうどよい大きさなんです」

「え、そんなに？」

二人とも同時にとぼけた表情になったが、最初からヨーヨーが匂う理由がわかった。

「あのーヨーヨーをしながら話をしてもいいですか？」

「わたしは構いませんけど」

彼女の期待に応えたくてヨーヨーのうまいところを見せようとして焦った。

「じゃあ」

私は次第にヨーヨーの要領を思い出してきて、激しいタイミングでヨーヨーを伸び縮みさせた。

ヨーヨーは最初から二つあり、もう一つは彼女の中で唸っている。

「ちゃんとヨーヨーのできる人を初めてみたわ」

私の離れ業が気になるらしくてエレベーターの中でも彼女はヨーヨーばかりをせがんだ。加速と減速で重力が変わり、その度にヨーヨーの動きが変わるので、彼女自身がヨーヨーになって唸っていた。

「素晴らしい眺めですね。なるほど工場全体が一目瞭然ですが、完全な正六面体の工場があるだけですね。ただ、気になることがあります。あの奥にある古い建物のことです。もう使っていないんじゃないですか?」

彼女は強引に無視しようとした。

「ここは弊社自慢の研究タワーです。ここから見えるのが新工場の全てですから、あなたのお仕事はもう終わったようなものです。良かったですね」

「困りましたね、あの建物が気になるんです。私の今日の予定は工場内部を拝見することですから、仕事はこれからだと思っております」

「もっと純粋に考えて頂きたいものですわ。我々が造っているのは純粋な中身の詰まった立体です。それが箱に見えるのは仕方のないことですが、中身が詰まった立体なのか箱なのかは重大問題とは思われませんか、今はカメラもパソコンも箱ものじゃありませんよ。

中身が詰まった立体に変わりつつあります。この工場でも建物が箱に見えますが工場自体が既に中身の詰まった立体ですよ」

「ええ、そうなんですか、それじゃあ箱工場というのは間違いですよね。立体工場と呼ぶべきですね」

「いいんです。外から見たら箱でも中には絶対に入れないというのは究極の城ですから。どうしてエジプト人はピラミッドを作ったのでしょう。お考えになられたことはあります?」

「さあ、それはわかりませんが」

「あれは完全な城ですよ。中身が詰まっていますから誰も入れません」

「じゃあ、従業員も入れないということですか」

「そうですね。全ての社員は在宅勤務が原則です。もう会社が機械や社員のための箱を用意する時代は終わりました。会社は情報と資金の塊ですから中には固形の記憶装置と固形の資本が詰まっていますわ」

　この長ったらしい話からすると彼女は本当に社長だと思えた。こんな長い話をするのは社長の特権だ。

古い炭鉱の入り口は見えなかったが、炭鉱に特有の古い建物が見えた。それは小さな作業場か倉庫で、ベルトコンベヤーでそこに石炭を引き込んだ跡らしい。人影もない廃屋で、どうして解体してしまわないのか、少し引っかかるリスクを感じた。

暗くなると真っ黒な立方体に鮮やかな絵が浮き上がった。全面がディスプレイになってデジタル映像を映していた。

「この映像は宇宙からも見えるはずよ」

「もしかしたら、この映像は立方体の内部からも見えるのですか？」

「映像はもちろん内部から映し出されているので覗く必要がありません。見る前に見えているのが表現ですわ」

夢に誘導されるように、画面はいきなり展望台の中で抱き合っている二人の姿を映し出した。

「でも、どうやったらあの立体の中に入れるのだろう」

「あら、存在している限り中には入れないわ。無になれば入れるのよ」

そんなディスプレイは都会では当たり前の光景だが、こんな闇に包まれた半島だと宇宙に浮かんでいるような不思議な光景に見えた。

「もしかしたら、僕たちも結ばれて無になれるかもしれませんね」

「素敵、ヨーヨーみたい」馬鹿なことには馬鹿な答えが返ってきた。そして馬鹿なことが起きた。真っ暗闇になったのだ。

「これは立体工場から出てくる絶対暗黒のせいですよ。あの工場は光を当てても見えないステルスよ」

触れあった瞬間に光が消えて匂いと触れあう関係になった。つながると匂いは一つになった。

私は存在しているのか存在していないのかわからない。

「そうね、あなたはわたしの闇の中にヨーヨーを投げていますものね。投げる時に書き、引く時に読んでいる感じよ」

そういうとヨーヨーは光の消えた展望台の闇の中に浮かんで輝きはじめた。

「ああ、わたし、海の闇に浮かんでいきそう」

研究棟展望台は最新鋭の実験室だった。一瞬にして無重力になるには、エレベーターとヨーヨーで充分だった。

「ねえ、無重力セックスをしてみたいと思わない?」

彼女の発言はことごとく絶対暗黒を覗かせているのだった。

私の狙いは当たっていた。ここは既にステルスの研究工場なのだ。ここにはブラック・

ホールみたいなコスモポリタンの女性が二人いるが、宇宙人かもしれない。それに、ここの真実を突き止めたら私は軟禁されるかもしれないのだ。私はリスク調査員としては勉強不足で蟻地獄に落ちる蟻みたいなものだ。現代物理学がわからないエセ研究員では国際社会では通用しない邪魔者だ。国際金融資本に翻弄されている典型的な安サラリーマンなのだ。

初めて訪れた工場で初めて会った女性と二人で登った展望台は研究棟と呼ばれる円筒型の塔の上にあったが二人以外には誰もいなかった。

「さあ、もうお仕事は終わりにしません。わたしの仕事はもう終わりますよ」

遠くに見えていた岬は上から見ると明らかに島だった。

「岬が夕日の中で輝きはじめましたね」

彼女はそういうとずっと手に持っていたらしいヨーヨーを見せた。

「このヒモがね、とてもやっかいなのよ」

でてきたヒモのヒモをヨーヨーに巻き戻しながらそれを私の手に乗せた。

「このヒモのおかげでこれをあなたにも渡すことができないのよ」

ヒモは相変わらず彼女のスカートの中から出ていてかなりみっともないものに見えた。

「あ、切らないで」

「赤いヒモで結ばれている男と女という話は昔からありますけど、この色はありませんよね」

「そうなのよ、これじゃあ二人で外に出られませんよね。することが屋内に限定されますわ」

「そうですよね。こうなると誰にも見られないうちに二人だけになるしかないでしょうね」

そう言いながら私はヨーヨーのショッキング・イエローのヒモをまた少し引っ張ってみた。

「もう、とっくに二人だけだと思いますけど」

なるほど、ヒモをたぐれば結ばれていることは既成事実だと言われているみたいだった。

やはり、彼女は下着を身につけていなかった。ヒモが長く伸びすぎて始末に負えない状態で彼女はベッドに身を投げ出している。

「ねえ、これ引っ張り出してくださらない。このままではお風呂に入る気がしないんですけど」

ということは、自分一人では抜けないみたいだ。最後まで引っ張るには少し時間がかかりそうだ。

「でも、この中に入っているヨーヨーを引っ張り出さないと何もできませんよね」

「そうなの、引っ張り出して、はやく」

引っ張り出そうとすると、彼女はそれだけで悶えはじめて手に負えない騒ぎになってしまった。

「こんなもの、二度と中に入れるものですか」

「誰がこんなことをしたのでしょうか」

「元彼よ、これだけ残して逃げてしまったのだから貞操帯みたいなものよ、でもよかったわ、ヒモが切れなくて、切れたらもうおしまいよ。これでやっと厄払いができたわ」

厄払いの手助けかと思うとかなり落ち込んだ気分になったが、それでもなんとか縁結びはできた。


もちろん、私は彼女が社長だとは思っていない。だが、もしかしたらというリスクは背負っている。これは、もしかしたら神様はいるかもしれないというリスクより不確実なリスクだ。リスクマネジメントは複数の可能性を抱えることだ。もしもに備えなければならない。それだけスリリングな生き方をしているのはリスクをとった自分のせいだ。エレベーターは一晩中ヨーヨーの無重力の軌道を描いた。

私はヘトヘトになるまで頑張ったので疲れて悪夢を見てしまった。寝ている闇の中で私は見知らぬ男に襲われたのだが、それが彼女の元彼だった。彼女の長い話の中で鉄のように硬い男だと聞かされていた。

この男の顔を確かめるには触るしかない。男は絶対闇の塊になっていた。あるいは私は完全に視力を失ったのだろうか。ところがこの男の首は六角の巨大なボルトの形をしている。どうしても首を締め上げたくなる手がかりのありすぎる形状だ。スリーパー・ホールドを試しにかけてみた。右手でその首を巻き上げて左腕にかけて、後頭部左手で抑えながら大きなボルトだと思って捻り上げたらギギーと音がした。

「ダメだ。それでは息が止まってしまう。反対に回してくれ」

と男は声を絞りあげた。私は右腕と左腕を入れ替えて思いっきり首を回し始めた。クルクルと空回りをして真っ黒な首は胴体から外れて床に落ちて転がった。

翌朝、私は彼女の匂いにつつまれた闇の中から目覚めた。そこは朝日の差し込む展望台のスウィート・ルームの中であった。

彼女は疲れ切って爆睡していた。もう八時だ。私はリスク調査の下準備をしなければならない因果な性格だった。彼女が起きてくる前に私は展望台から出ることにした。

エレベーターは問題なく動いた。問題は入り口のロックだ。大きなガラス張りで外からも中がよく見える研究棟の玄関だった。ところが鍵がかかって中からもガラスのドアは開かなかった。外を見ていても誰も通らない。やはりこの工場は自動運転で人の出入りがないのだ。

私は手の中のヨーヨーを投げてみようとしたが、思いとどまった。ヨーヨーは危険な罠だ。これを投げると彼女はまた悶えながら起き上がる。いつ体に戻すかわからない。

しばらく立っていると、坂道を少し疲れた顔の女性が通り過ぎようとしていた。それは受付を交代するためにやってきた若い女性だった。私は両手を上げて大きく振ってみた。すると気がついた彼女は入り口のカードキーを持っていて素早く音もなく大きなガラスドアを開けてくれた。

「おはようございます」何も言えないときは誰だってこういうのだった。

私は彼女とともに入り口玄関に向かうしかなく、どこにも外に出るところはなかった。

「今日は朝から工場調査をしたいのですが」

「社長不在のままでもいいのですか。わたしは一応ここの工場長ですけど」

「そうなんですか」

「社長からは工場を案内するように言われていますけど、でもどうして展望台でお目覚めなんですか？」

「いえ、あれから仕事がはかどりまして、あの上で社長と徹夜していました」

「あら、彼女は社長じゃなくて社長の愛人ですよ」

「ええ、今でもですか？　社長というのは元彼じゃないんですか？」

「そうですよ。でもバレバレですね。どうせバレるから言っておきますけど、わたしは工場長じゃなくて工場長の愛人です」

「なるほどです。これも時代の流れですね、コロナ禍であちこちで同じような現象が起きています」

「そうですよ。本人がいうのはいいのですけど他人が名指しで愛人とか言えなくなりましたよ。人権問題ですからね。わたしは愛人と呼ばれてもいいですけどね。どうせ次の愛人を探していることだし」

「でも、素晴らしい世の中ですね。女性が男性の仕事を引き継ぐなんて」

「そうですよ、どこの会社も後継者がいませんからね。時代って、誰も気が付きそうにないところから進展しますからね」

「じゃあ。よろしくお願いしますよ」と言ったら、

「何がですか？」と聞き返された。

「工場内のリスク調査ですけど、忘れないでください」

「そうですね、そのために朝早く来たんですけど、わたし。でも見るところは少ないのですぐに終わりますよ」

そういって、彼女は受付に座ることもなく受付の奥の部屋に入っていった。出てきた彼女は暴走族のつなぎを着ていた。

「これしかないんで、作業服」

「昔ふかしていたんですか？」

「まあね。バイクより男ふかしてましたから」

彼女はつなぎのダブダブのポケットに両手を突っ込んで前に引いて尻の形をあらわにして工場の周りを歩き出した。下着をはいていないことがすぐにわかった。

工場は実に巨大な黒い箱で入り口はなかなか見当たらなかった。

「大きな箱の中で何かが回っている音が聞こえますよね」

「いえ、何も聞こえませんが。すいません、わたしはバイクで耳やられちまって、静かな音は聞こえないんです」

「いや、あまりにもなめらかな回転なので音は聞こえませんが、確かに中で何かが回ってますよ」

「朝食べてないんで、わたしのお腹が鳴ってるんじゃない？　ほら聞いてミイ」と彼女は今度はつなぎの後ろのポケットを後ろに引いた。乳首も割れ目も見えるほどの裸形が現れた。

「この大きな箱は一体……」と私は中に何かが見えるかのように首を傾げてみたが、彼女は自分の裸体が浮き沈みする様を楽しんでいた。

「この大きな箱を開けたところで何も見えませんよ。中は全体に闇が詰まっていると思ってください。光を当てても全ての周波数を吸収してしまうステルス構造、つまりは絶対闇が詰まっています。したがって、これは箱というよりは中身が詰まった立体なんです」

「そうなんですか？　光が波だというところまではわかりますが」

「そうっす。私の体も涙の塊よ」

「それは？　わかりませんけど」

「外からはね。でもこの立体には涙はないです。この材質は石より硬くてダイヤモンドに近いです。その物質は全ての波動を吸収して消すこともできますが、内部の構造は漏れません。それが我が社の製品です。このことによって我が社にはリスクなんてないのです。

リスクマネジメントなんてシーラカンスのチンチンですわ。おわかりー」

「よくわかりませんが」

「物質の質量の中にシステムが組み込まれているとお考えいただくと充分ですわ。つまり、これは箱じゃないので中には空洞がないのです。世の中の製品は箱から変身して中身の詰まった製品になろうとしているのです。カメラにしろパソコンにしろそうですわ。それらは暗箱の中のカラクリだったんです。ところが今ではそれらは闇の塊ですわ」

この中身の詰まった立方体は真っ黒なためにそばにいるだけで息が止まりそうな重量感があった。おそらく、それは我々も通常は箱のような立方体の中に住んでいて、男も女も犬や猫も閉じ込めているからだろう。箱の中の暗闇がいきなり鉄のように固まったらどうなるのだろうと思うと怖くて照明も消せない。そして眠れないまま突然死する人もいるだろう。


彼女は歩きながらカタカタと音を出したので、最初は彼女の靴の音だと思ったが、つなぎのポケットの中からカスタネットを取り出した。

「私のはこれよ。ヨーヨーじゃないの。ちょっと鳴らしてみて」と片方のカスタネットを渡してくれた。

「もう一つあるでしょ」と私はきいた。

「あらまあ。それは私の中よ。鳴らしてー」

私は湿った貝の形のものをつかまされた。

「なんだか、巡礼の貝みたいだね」

「一説では、カスタネットは二枚貝から始まったみたいよ。ねえ、ちゃんと鳴らしてみて」

四本の指で連続になるか試してみた。

「わおー、骨が鳴る。そこは尾骶骨、そこは背骨から首の骨もなる。恥骨は意外と感じない」

「何を言ってるんだよ。変な人だなあ、ヤニたまってるのか」

思わず笑ってつまずいた先には影みたいなものが建っていた。

その影をかき分けて中に入ると、残された炭鉱の廃屋には坑夫たちの食堂やら苦情がそのまま残っていた。その奥に入ると黒い埃が隅々に張り付いて染み込んでいた。影のように見えたのはバクテリアとカビが重なったものらしい。

「やるならここよ。工場の工務部の年寄り連中が趣味で給湯設備を組み立てたのよ。お湯も出るわよ。脱がしてくれないから自分で脱ぐわよ」

ここがどこなのかわからないまま、陰毛もあらわに近づいた白い腹部を見た。

「ねえ、あなたも脱いで。じろじろ見ないで」

「毛をねじるのが好きなの?」と聞いてみた。

「自分の毛は中学生のイジイジの頃から、あなたのは今からよ」

汚れた浴槽の中の二人の陰影は背景によく合う絵になった。流石に湯船に浸かる勇気はなく、シャワーで体を洗いあったが、いくら洗ってもさらに汚れる気がした。それでも洗い続ける彼女をみていると、炭鉱の町だった過去を実感した。洗い場の洗面鏡の前には髭剃り用の柔らかなブラシがあった。どうも最近誰かが使ったものらしいが、ここで何を剃ると言うのだろうか? 髭はここでは剃りたくないと思っていた。

「やるならこれよ」

彼女は太めの毛筆を手に持っていた。仕方なく、私は筆をねじってみたが彼女が右足を私の膝に乗せたので、その筆で彼女の陰毛を左右にかき分けた。すると中でカスタネットがカチカチと笑っていた。

「やるねえ、ヨーヨーより凄いわ」

カスタネットを取り出そうとして指を少し咬まれたが、そのあとは、宇宙人とのポルノ・ビデオ以上の出来事はなかった。

「ねえ、後ろから髪の毛をもっときつく抜けるくらい引っ張って、じわーと閉まるから」

「そろそろ、戻りませんか、人が来るといけませんから」

「大丈夫よ。誰も来ないわ。お気づきとは思いますが、この工場には二人の愛人以外に誰もいませんから」

途中までは手を繋ぎ、それからは離れて受付のカウンターに戻ると社長の矢野あきらの愛人はすでに両頬を両手で挟んで座っていた。

「ご苦労様」と無責任な一言があった。

「終わりましたわ。危険な箇所は一箇所だけ。取り壊せばリスクは消えますわ。ねえ」

「はい」

「じゃあ、ここが済んだら高木さんは研究棟に戻ってください。いいですか」

工場長愛人に連れて行かれると外から鍵が掛かってしまった。それでもカバンは展望台のスウィート・ルームにあるはずだから仕方がなかったのだった。スウィート・ルームは真っ暗になった。電話がなってスピーカーから声が聞こえてきた。

「あなたは、暗箱の中に閉じこまれているのよ。中の闇が固まって、もうすぐ動けなくなるわ。これが、わが社の箱製品よ。スウィッチ一つで闇は溶けたり固まったりできるのよ。あなたは保存されたのよ。石の中みたいに動けなくなるわ」

神撫《かんなで》

1　狼山の水脈

わたしが生まれたのはとても古い神戸の谷で、林田村惣谷から池田惣町に変わった頃だった。地名の通り丘に挟まれた谷間のほっとする小さな集落だった。竹藪が山麓の地下水脈に沿って茂り、中には井戸のある家が隠れていた。小さな森は竹藪を包んで一体となり、小さな島のようにも見えた。六甲山脈から深い影が集落までつづいていた。夜の闇になると青鷺や白鷺がねむった。水脈は長い時間をかけて森の地下を流れていた。鳥の声で夜が明けると、森の中から丸い空が見えるが、その下には古い墓があるから入るなと子供たちは言われていた。

森の丸い空の下からその声はいきなり聞こえてきた。おそらく誰も聞いたことのない声の主は誰も見たことがない姿だ。このあたりには森の中でだけ生活する老人が身を潜めていた。森の主が消えれば森も消えてしまうはずだった。

天狗は突然現れるといわれているが、森に突然現れたのはわたしの方だから出会い頭の事故だった。

「良き日じゃのう」といきなり声がしたのだ。その姿は天狗に似て、髭だらけの顔から目が光っていた。森にあいた空の下に平地があることは不思議に思えた。

「この森の木はどれも三百年は経っている」

そう言う爺さんも三百年むかしからやってきたように見えた。なんと挨拶したら良いものか戸惑うばかりだった。この森に小さな青空をあけていたのはこの老人で目は空の色を映していた。

森には懐かしい土の匂いが沸き上がっていた。靄の中のお爺さんはスペードの形の鍬で黒い土を耕していた。

森に抜けた空から光線がキラキラと畑に降っていた。平気で鍬を振り上げていたお爺さんは息が切れるらしく、足を引きずるようにして座り込んでしまった。

石だらけの畑は墓場のようにも見えた。老人はただ畑を耕している。何を植えるのでもなく何を掘り出すのでもなく、いつものように、いつも見ているように、そこでもお爺さんはただ畑を耕していた。スペードの形の奇妙な鍬を黒い土に突き刺して。

掘り起こされた石の下をのぞくと土が動いていた。黒いのは無数の文字の塊だった。読まれなかった文字を自然に戻そうとして、お爺さんは大切そうに文字を耕していたのだ。土の下にはまだまだ土に帰りそうにもない文字の層が醗酵してゆくのが見えた。お爺さんは何か大切なものを掘り起こすためにそこにきているみたいだった。あるいはお爺さんはそこに何かを埋めたのだろうと思ったがそれが何かまだわからなかった。

森の奥は鬱蒼とした樹木に包まれて闇に消えていたが、あのお爺さんの家はどこにあるのだろう。誰も教えてくれなかったのでお爺さんに聞けばよかったと思った。

やがて午後になると天狗の大団扇の風が吹き、夕闇が迫ると犬の遠吠えが聞こえ、樹木はたくさんの恐竜の群に変わって騒ぎはじめた。集落は怪獣の群れに踏みつぶされ、あとには確かに恐竜の踏み散らかした木の枝がちらばっていた。その上を狼の影が通り過ぎた。それでもお爺さんは決して森から出てこないのだから何処かに家があるはずだった。

あのお爺さんの正体は売れない小説家だとあとで思った。

「あのお爺さんはもう百歳なんだから、何でも知っているよ」とわたしは弟にいった。

「へえー百年前からお爺さんだったのかなあ」と弟は森を眺めた。

この古い丘では木漏れ日が緑の笹を育てて地肌を隠していた。その中を奥に進んで休耕田から少し登ると、この森にはもう一箇所大きく天空の見える大聖堂のような神々しい場所があった。真ん中に青い池があったが、今にも消えそうだった。もともと大きな池のあとには木がなかった。

光の中に霧が立ち上がり様々な昆虫が舞い上がり、それを見つけた鳥達がさらにやってきた。

それは独り占めにしたいカテドラルであり、誰にも教えたくない秘密の世界であった。笹をかき分けて元あった池の外周を一周しようとしたが、木の根や灌木が行く手を阻んだ。やがて足元の石につまずいて倒れそうになった。滑った苔の中から石の地肌が現れ、かすかに刻まれた漢字が見えた。それは明らかに墓石だった。

弟はもう付いてこなかった。森の中では影法師も消えていた。

墓石の下には誰かの骨が眠っているはずだ。山の斜面は崩れた段々になっていて墓石は次々に現れた。この墓のことはそのあと誰にも話さなかったし聞かれもしなかったから、この話は昨日のことのように覚えている。話したことは全て忘れるのだ。ふと、気がついたのだが、わたしには年齢の記憶がない。いったい何歳なんだろう。もしかすると、もうお爺さんになっているのかもしれない。もし、そうだとすると、これはとてつもない秘密で、これこそ書き留めて墓場まで持って行くべき秘密かもしれない。

2　遠い影

あるいは、わたしは死んだお爺さんの生まれ変わりかも知れない。祖父は樺太沖で船と共に海中に沈み、その息子は満洲で毒殺されている。そのために二人とも日本には帰ってこなかったのであるが、何処にも墓がない。祖母はいつか帰って来ることを信じて何時までも墓に葬っていないのだ。池の上の古い墓の連なりはおそらく百年ほど昔の村の墓だと思うが、誰の墓だと思ったとたんに墓のない二人のことを思い出したのだ。会ったことのない人のことを思い出すというのはあり得ないことだが、思い出したとしたらそれは死霊として彷徨っている人だ。二人はなんとかして家に帰ろうとしている。なんとか思い出してほしいと思っている。あの墓は一体誰の墓なんだろう。お爺さんと叔父さんの墓ならわたしの家族はお参りするはずなのに、誰もあの墓のことを知らないのはなぜだろう。知っていてお参りしないのなら、意外な秘密があるのだろうか。となりの千鶴子ちゃんの話を聞くまでは謎が解けなかった。

「百歳のお爺さんは百年前から百歳のお爺さんかもしれへん」

いつもの調子で弟がいった。

振り向いてみたが弟はやはりいなかった。すでに弟はその時から僕の影法師になる運命を背負っていたのだ。

わたしの父は母方の墓は作らなかった。父は四国からやってきて未亡人の祖母の娘と結婚したわけだが本来の家長の墓も後継ぎの長男の墓も作らなかった。その代わりに新しい家長として高木家の墓を作ってから墓石の横に小さな石碑のようなものに名前を入れた。父も祖父の単なる影法師に見えた。家の中では死んだはずの祖父の方が存在感が重く、父は軽くて生きていても影法師にしか見えなかった。

二人の死霊が家に入ったとは思えない。恐らく入る気はないだろう。かといって祖父は妻と娘を残して山梨県の雨宮家の墓に戻るわけもない。恐らく自分の遺体をさがしていつまでも海の上を彷徨うだろう。そして夜になると山の中も探すのだろう。

「きのう、そのお爺さんを見たよ」

裏山を家族が勝手に開墾してわたしが育てたトウモロコシにかぶりつきながら姉が言った。

姉はいつでもそうだが、何もせずにわたしの成果を勝手に取り上げた。

「あのお爺さんは狼山の池の中から出てきたの。だからカッパだと思ったけど顔は写真のお爺さんだった。ところが服は全然濡れていなくて、幽霊みたいに森の奥に消えていったんよ」

「そんなんは夢やと思う」とわたしは言い返した。

姉は弟を手なずけていて、いつも二人でわたしを裏切った。

「違うわ、幽霊やわ」と弟が言った。

「あんた、また狼山に入ったん？　そんな話は、笑われるだけやから人に言うたらあかんよ」と母が姉に言った。

いうまでもなく、狼山には魔物が住んでいるという脅しは昔からあった。狼だけでは足らなくて幽霊も出てきたのだった。水脈が残っているというのに隣の堀田家は頑として自分の畑にも水を入れなかった。自ら耕作しない地主はきっとなんらかの魂胆を隠し持っているのは明らかだった。さらには低地に水を流さない堀田家は神月家の水田を宅地に変えて売り飛ばそうとしているのは明らかだった。おそらく林田区惣谷から長田区池田惣町に地名が変わる段階で神戸市政が地主と結託して市街化計画を打ち立てていることは誰の目にも明らかで、農地は何者かの手に移るに決まっていた。

水脈が切れると丘の上の樹木は枯れてゆく。それをねらって宅地開発が進み水道が山の水脈に取って代わる。あちこちの丘の畑は水源を失い笹原に変わっていった。それでもまだ諦めずに井戸を掘り畑地に流している人もいた。多分、彼らは地元の人ではないかもしれない。彼らはほとんど顔も見られることもなく短時間の農作業をすませると町に帰っていった。彼らがすぐに帰ってしまうのは多分海が見えないからだ。おそらく彼らは海の見える丘がこのあたりにあると思ってやってくるのだ。しかし森以外に見えるのは溜池ばかりだ。海の見えそうなあたりにもまた小さな森の丘が続いていた。しかしそれらは町の丘というべきで、海に面する南側にはしっかりと家が建っていた。家のない丘もあったが谷の人間からすれば早く削り取りたい丘だった。しかし、丘まで行けば海を見ることは簡単だった。半分削られたその丘は桜の咲く公園になっていた。

3　軌道

火の用心の見回りの時、狼山がやがて消えるという噂に火がついていた。火の用心の列はわたしの家の前が出発点だった。そこには大きな木の看板がかけられていて、茶道と華道の流派の名前が太い墨の字で書かれていた。船で伴侶と息子を亡くした祖母が生活を支えるためにはじめた教室だが、それまで暇に任せて京都に修行に行っていた甲斐があったと祖母は言っていた。待ち合わせの間に谷の人々は色んなうわさ話をした。神戸電鉄という新開地と有馬温泉をつなぐ鉄道会社が、西に延びてこの神撫の地をぬけて須磨浦で山陽電鉄と繫がるという曖昧な話を大人たちは嬉しそうにしていた。少年探偵団もいち早くその調査に駆けつけなければならないと思った。果たして山あり谷ありの神撫の地にどうやって線路がひけるのか、大人たちは楽しそうに話し続けていた。少年少女たちはその鉄橋という言葉に感動して「かんなで鉄橋」「まるやま鉄橋」とか空中に煙を吐く機関車を想像したが、「電車に決まってるやろ」と隣の敏彦ちゃんに言われてがっかりした。

やがて、これは単なる噂ではなく電鉄会社と市役所が調査を始めているという情報が流れ始めた。彼らが目を付けたのが隣の堀田家で堀田氏は先祖から受け継いだ山地を所有していた。

「ああ、なるほど。そやから、あの人ら町から昔の家に帰ってきたんや」と母が言った。

隣の堀田さんの家にはおじいさんとおばあさんしかいなかったのに、敏彦ちゃんと千鶴子ちゃんがお母さんと一緒に帰ってきた。

「お父さんは?」とわたしは千鶴子ちゃんに聞いた。

「お父さんは、若いお姉さんと町に残ってる」と千鶴子ちゃんは答えたが、千鶴子ちゃんにはお兄ちゃんしかいないはずだった。

そのうち、背広を着た人が何人も鞄を抱えて堀田さんの家の前に立つようになり、ペコペコ頭を下げながら家に入っているところを見た。

「やっぱりねえ」と母が言った。

「なにがやっぱりなん」

「あの一緒に入っていった一人が千鶴子ちゃんのお父さんや。普段は東京にいるのよ」

「久しぶりに顔見たわ。マラソンの選手やで、そやから市民グランドで練習してて、ここにはおれんのやろ。それに……」

と言いかけて、母は話すのをやめた。わたしは気を取り戻して狼山を調べるしかないと思って仲間を集めた。

やってきたのは堀田さんの千鶴子ちゃんだけだった。それならと、狼山に連れ込んで怖がらせたら白状するかもしれないと思った。

「あのなあ、あの山の上に電車の駅ができるねんて、狼駅や、見にいこ」と、わたしは言った。

「そんな駅つくって誰が乗るん。それに狼駅やったら駅降りたら狼に食べられると思われるわ」と千鶴子は無関心だった。

「ほんでもな、電車の駅ができたら新開地の劇場にでも映画館にでも、すぐ行けるやんか。目的地はここことちゃうで、新開地やで、そしたらお茶とお花のお稽古に来るお姉さんたちもうちからそのまま映画に行けるしな」

「そんなお姉さんのことなんか、どうでもええわ。私のこと考えたら」

「ほんなら、神月一家のお芝居も観られるで、光にいさんの踊りもええしな」

当時の神月一家はまだ半分農家でもあったが、農閑期に始めた夢芝居が新開地で人気になっていた。中でも長男の神月光はブロマイドにもなって老人と子供たちのアイドルになっていた。もし、東西に山麓鉄道が貫通したら、惣町の景色どころか港町全体の景色は一気に港の劇場のようになるだろう。

列車からも海が見えて、山麓通りと海岸通りがメビウスのリボンのように須磨浦と新開地でつながるだろう。少年少女探偵団も列車の旅に出るだろう。神月一家の光にいさんの女形姿や虚無僧姿をいつでも見られるようになるだろう。

いくら港町といったところで、この辺りには舗装されていない砂利道が続いていた。砂利の中には小さな貝殻が散らばっていて、確かに水脈の痕跡があった。その水脈は地下深くにもぐり陸の底に暗い海を見つけているにちがいなかった。

海に近づけば近づくほど海は見えなくなるので三宮の街に出るといつも不安になった。

思いっきり近づいてメリケン波止場の端までゆくと海は顔色を変えて恐怖の深みを見せた。墓場の厚化粧でホテルは震え、母のモダンな化粧もひび割れて見えた。海に向かうと海が見える丘のあたりに心の墓場があった。そこから先は一人になる空間だった。海岸通りにはとてつもない悲しみが流れていた。しかし、この悲しみがどこからやってくるのか、ずっと分からない。

わたしが最初に一人で街まで降りたのは幼稚園だった。幼稚園は長田神社の宮川の対岸の教会にあった。わたしは宮川に掛かった橋から突き落される恐怖に襲われた。

幼稚園に入るにはその橋を渡らなければならないが、落されることもあるからはっきりと返事をする良い子でなければならない。先生は何でも知っていて家の中でもいい子にしていないと落される、と祖母が言った。わたしはたぶん何人もの先生に担ぎ上げられ、ラクダーイといって放り投げられる。ワハッハワハッハと先生たちの歓声が聞こえる。わたしは川の底まで叩きつけられてドザエモンのように海まで流れていく。幼稚園に入ると正面に磔になって死んだ裸の男が居て、うなだれてびくともしない。恐る恐るその前に行くときには十字架をきり、「天なる父よ」と挨拶しなければならない。逆らうとその男によう に磔になるかもしれない。わたしは門をたたかずに迷いこんだ異教徒だった。耐えられなくなったわたしはすぐに幼稚園に行くのをやめた。

闇の中にまっすぐなネオンサインになった十字架が輝いていた。天と地と海の創世記の話は園長先生が聞かせてくれた。十字架の横線は天と地を分け、縦線は空と海をつないでいる。幼稚園は世界が生まれる前の闇の中にたたずんでいる。十字架はむしろ闇の中の孤独のシンボルにしか見えない。夜中の幼稚園にはきっと誰もいない。ぎっしりと闇だけが詰まっていて外気の闇とつながり、カオスにしか見えない。

いつの間にか弟がついてきていた。

「ぼくは幼稚園に行きたいのに」と、あいかわらずわたしの背中に張り付いたまま言った。影法師の弟はこれからどんどん大きくなって、わたしと入れ替わろうとするだろう。影法師だと思っていると、次第に闇の塊の肉体となり、わたしの生活を食いつくそうとするだろう。

弟に入れ替わってわたしは弟の奴隷になり金を稼ぎ続けるだろう。わたしはつまるところ闇に支配されるのだ。弟は何もできなくて、何もしないうちにわたしを支配してわたしを影法師に変えてゆきたいのだろう。何もできない者が何でもできる者を支配する世界の構造は変わらないだろう。あちらでもこちらでも影法師が人間を支配しようとしている。弟も結婚して家庭を持ち子供もたくさん作り権力を持つだろう。背後の山々の闇も決して姿を表さないままわたしに張り付き続けるだろう。

幼稚園に入る頃、闇の中の十字架と影法師の弟以外にもう一つ怖い存在があった。隣の家に住んでいて、インディアンの奇声を発する堀田敏彦だった。新開地で西部劇を見てきたこのお兄さんは何をするかわからない隣人で、彼の空気銃でわたしの家の雨樋は穴だらけになっていた。その上、銃口をこちらに向けるので悩みの種だった。みんなは敏彦ちゃんと呼ぶが僕には「酋長と呼べ」とのしかかるようにいった。

わたしの家の前はなだらかな坂道なのに、隣の家とはかなりの段差があり、その石垣の上から堀田敏彦はこちらに向かって話しかけたり、弓を放ったり空気銃を撃ってきたのだった。全て威圧的な隣家であったが、不幸もあった。堀田家は敷地の中に井戸を掘っていたが、ある年の大雨で三人兄弟の中っ子が井戸と一緒に土砂に埋まってしまったのだ。そのため敏彦と千鶴子は歳が離れすぎていた。わたしは死んだ中っ子と同じ歳なので千鶴子から慕われていたのだと思う。しかし、敏彦はわたしのことを弟のようには思っていない。石垣の下の家来だと思っていた。

「インディアンの冠を作るので鶏小屋から白い雄鳥の長い尻尾を抜いてこい」

と言われて時盛さんの養鶏場の前で尻尾の羽が自然に抜け落ちるのを待つしかすべがなかった。時盛さんの家には女の子が一人だけいて、眼鏡を掛けて本ばかり読んでいた。わたしが鶏小屋でしゃがんでいても窓の中から一度こちらを観ただけで目を伏せてしまった。彼女は眠るように本を読んでいた。

雌鶏の短い尻尾を渡して、なんとか友好条約を維持したわたしだが、雄鶏の尻尾じゃなかったので、空気銃や弓矢の標的にもなっていた。

これには流石に祖母も腹を立てた。

「うちには、若い娘さんが習いごとに来るのに、これでは困りますわ。親は何をしてるんですか、外はまるで西部劇じゃないですか。それにおたくは動物園です」

祖母は撃ち抜かれた雨樋から雨水がシャワーのように出るのを見ながらつぶやいた。

「やっぱりそうか、新開地は悪の花みたいなものや。ターザンの映画やらインディアンの映画やら夢か現かわからんようになるんやろな。この辺りの子供はみんな気狂いみたいなものや」

「キングコングの映画もあったで」弟がつけ加えた。

その数日後のことだった。泣き叫ぶ大声に驚いて窓を開けると、堀田敏彦は血だらけになって、タクシーに乗せられているところだった。

翌日、家から出て買物に母に連れられているところに、包帯をぐるぐる巻きにして白いミイラになって帰ってきた敏彦を見た。

「どないしたん」と聞いても敏彦は何も答えなかった。

「聞いてください。この子はインディアンの格好で焚き火の上を飛び跳ねているうちに、いよいよ興奮して、縁側のガラス障子に裸で飛びこんだんですよ。西部劇を見るとこうなるんですよね」と敏彦ちゃんのお母さんが言った。

母は何も答えようがなくて、代わりにわたしの顔を眺めていた。わたしは答えるしかなかった。

「敏彦ちゃんは、ほんまにアホやと思う」

「気いつけよ」と母が言った。

それからは、新開地には父とは行かず、甘いフランス映画を母と見るようになった。

4　山麓鉄道計画

お父さんから聞いたという山麓鉄道計画を教えるために堀田千鶴子が家にやってきた。

わたしの家では花とお茶の教室と日本舞踊と小唄の教室を行っていたが、彼女はそれに紛れ込むようにやって来てはちょこんと座って茶事で出てくる和菓子を食べていた。

「へえ、その線路どこに通るん？　一緒に見に行かへん？」

堀田千鶴子を森の中に連れて行こうとしたら、母からひどく怒られた。二人でお医者さんごっこをしていたのを見られた数日後だからだった。

でも、本当は母と新開地で観た映画のフレンチキッスをしたかっただけだった。

この山はむかし女人禁制であったが、それはそれなりの理由があったのだった。森の中には女の子を好む魔物が潜んでいる。この魔物は村人がいくら見張ってもやってきた。それこそが魔力というものだが、村は森を閉じ込めることはできない。異界に通じる森が村を閉じ込めているからだ。それでも、わたしは千鶴子ちゃんを森に連れて行くことをあきらめなかった。

「何があってもぼくと森の中に入ったことを言ったらあかんで」

千鶴子ちゃんは「ウン」と言ってついてきた。僕にはどうしても見せたいものがあった。森の大聖堂の中に池が見えてきた。

「池だ」千鶴子ちゃんの声が森を突き抜けた。

すると、もう一人の少女が光の中ではしゃいでいるのが見えた。金色の輪郭を降り注ぐ光の逆光の中で輝かせた。この森では不思議なことが起こる。

千鶴子ちゃんの影法師が消えていた。影法師は解放されて光の中の白化現象で妖精になったのだ。森の闇は消えていた。影は真っ青になって流れていた。真っ青な水脈は泉に吹き上がり、再び地下水脈となって湊川まで流れてゆく。少年のわたしはこの水を飲んでいるせいで神撫の記憶が遺伝しているように伝わってきた。誰から聞いたわけでもなく、森の記憶はわたしに確かに遺伝していた。

「逃げろ、誰かが来る」とわたしは叫んだ。ササ、ササッと薮をかきわけてやってくる者の背丈はわからない。それほど笹は高かった。真っ暗闇がこちらに向かって押し進んで来た。

「池ジャナイヨ。コレハ、イズミダヨ」と黒人兵の声がすると同時にわたしに目の中の闇を覗くように見た。わたしは彼のピンクの口の中をのぞいた。

顔が真っ暗に見えたのは、怖くて顔を見ていなかったからかもしれない。男はそのまま立ち去ってしまった。

背中には大きなリュックサックが見えた。

「町から来た人だよね」と僕は自分にも言い聞かせるようにいった。

「影法師が人間をおんぶしてるように見えたよ」といってから、千鶴子ちゃんは、「おしっこがしたくなった」といって笹薮の中に消えてしまった。

泉に戻ると、彼女は対岸でお尻を出していた。小さな一筋が地面を這っていた。

その一筋が池の表面に達すると森の様々な生物が目を覚ました。ドボンと池の底に逃げるもの池の表面を飛びはなるものもいた。水根という水生植物はほんのりと光る白い花を揺らした。

「なんで後ろ向きになって、しっこするんや？」

「だって、暗闇から何か出るかもわからんやん。だから」

「ぼくがおるから大丈夫やて」

「さっきの男の人ちゃんと見たん、ほんまに真っ暗やったわ」と彼女は言った。

「真っ暗ちゃう、真っ黒いうんや。進駐軍の黒人兵や。お母さんと新開地に行った時にたくさんおったわ」

と、わたしはつぶやいた。振り向く千鶴子ちゃんの顔は白くて可愛かった。

「ここには、おじいちゃんとおばあちゃんと、そのおばあちゃんと、そのおじいちゃんのお墓もあったんやて」

この言葉は子供心にも悔しかった。船で死んだお爺さんの墓場が何処にもない。死体がないからお墓は何処にもない。

「ええ、ここにお墓があるのに、なんでほったらかしにしとん」と我慢して千鶴子ちゃんに言ってやった。

「新しい鵯越のお墓に引越ししたんよ。さらのお墓やから、すごくきれいよ。ここはお墓のお墓や。知らへんの？　ここらはうちの山よ。勝手に入ったら木に縛り付けて狸に食べさせるとお兄ちゃんが言ってたわ」

「へえー　山は神さんのもんとちゃうん？」

「ちゃう。うちの山やで。そやから、おとうさんは売ることもできるんや」

「神さんに内緒でそんなことしたら祟りがあるんとちゃうん」

「神さまにもお金を払ろてるから、大丈夫やて」

「どこで」「長田神社」「でも、誰に売るん？」

「この山は、神戸市に売るんやて」

「お墓も一緒に神戸市に売るんか、そんなことしたら、きっと祟りがあるわ」

「そんなこと、誰が言うとん？」「神撫山の神主さん」「うそや」

聞きたかったのは、お墓の下の死はどこにいったのかということだが、ほんとうに聞きたいことは聞けないものだと思った。

5 影法師

あいかわらず弟は影法師のように、いつもわたしの後ろをついてきた。弟が森に入らないのは森の中では影法師が消えるからだと最初は思っていた。自分の影法師が消えることは本当に恐ろしいことだと思っていた。しかし、弟が決してわたしを追い抜かさなかった理由は違っていた。本当の理由は弟には影法師がないのだ。そのことをわたしに知られたくなくて決してわたしの前には出ようとはしないのだ。自分に影がないということは誰でも恐ろしいことなのだ。

弟が一度だけわたしの前を歩いたことがあった。

「お前には影法師がないけど、本当はお前が影法師やろ？」と聞いたことがある。もちろん弟は何も答えなかった。その代わり、二度とわたしの前を歩かなくなった。だが、どうしてもわたしの前に姿を表さずに背中に張り付いている影法師の存在を認めるのはわたしには本当に不愉快だった。

弟はいつもいるのかいないのかわからなかった。しかし弟は一生落ち込むだろうと思って意地悪を言い続けた。

「うっとうしいなあ。もしかしたら、お前は僕の影法師とちゃうか。そやから、お前には影法師がないねん」

と、どうしても言いたかった。それから、弟は影法師のように何も話さなくなった。そのために弟が本当に影法師になったのなら、わたしは言ってはならないことを呪術師のように何度も言った事になる。

泉の森を離れて峰のちぎれた切り通しの先にもぽつんと小さな丘があり、その丘に向かって鉄の陸橋が掛かっていた。陸橋の下には切通しの古い道があり、両側の壁はレンガでできていた。その神撫橋のある切り通しの先には空が開いていて、雨が降っても青いまま、空の雨粒は無数のガラス玉のように輝くのだった。切り通しを過ぎると、どこか知らないところまで行けそうな、そんな明るい道が空に消えていた。弟が一度だけ前を歩いたのはその切り通しの道の陸橋の上だった。

あの時も、みんなで影絵ごっこをしていた。それは夕暮れ時に橋の上に立ち背中に夕日を浴びながらレンガの切り通しの道に自分たちの影を映し、激しく入れ替わって影だけを見る。それから、どれが誰の影なのか、当てっこする遊びだった。陸橋には欄干はなく、沈下橋のように危険な遊び場だった。橋の上を行ったり来たりしていると影法師が一つ、ドスンと下に落ちた。声もなく動くこともなく、そこには弟の影法師が寝ていた。

弟は神撫橋の上の路面を見ないで橋の下の路面の影法師ばかり見ていたのだ。弟にルールを教えるとルールしかわからなくなる。現実を見る力がなくなるのだ。

きっとそうだ。自殺をする大人は弟と同じだ。現実の地面が見えなくなる。規則という恐怖に支配され、支配されていることも、自由になることも忘れて、自分がわからないまま、虚構のルールに縛られて自分が異常に重い存在になる。弟はそういうことが人に言えなくて、いつも影法師みたいにわたしに張り付いていたのだ。そして橋の上から自分の重量に耐えられなくなって落下した。今となってそう思う。

影絵ごっこは本当に男のママゴトみたいな遊びなのに、そのルールだけで弟は橋から落ちたのだ。ただ、なんとなくゲームのルールに縛られて人は死んでゆく。きっとあの時からわたしには解っていたのだ。解っていることでも、それを言葉にできるには何十年もかかるのだから、沈黙が語り始めるのを待たなければならない。自分の沈黙も待たなければならない。そのうちきっと人に話せるようになるのだから、沈黙や影法師の人は諦めずに生きていかなければならない。

「わたし、とび降りる瞬間を見たよ。みんなが影法師と呼ぶから、きっと我慢できなかったのよ。影でない事をわかってもらうには、ああするしかなかったのよ。みんながマサちゃんって本当の名前を呼ばずにカゲだなんて嘘の名前で呼ぶから、死体になるしかなかったんよ」千鶴子ちゃんが思い出して言った。

言われてみると、その感覚は幼稚園に入るときに入学試験で橋の上から突き落とされると言われたあの感覚だ。

川に落とされると信じてしまった自分はその瞬間が恐ろしくて自分から先に橋から落ちようとした。きっとあの感覚と同じなのだ。今になって、そんなことがわかった。

「あれは、影法師じゃないよ。まだ生きているよ」千鶴子ちゃんが叫んだ。

背負っていた影法師が次第に大きくなり、やがて質量の闇となって巨大な塊になって橋から落下する。あるいは背負いきれなくなった重い影をわたしが脱ぎ捨てただけかもわからない。全ての生活をわたしに負わせようとするものだから。

その時だった、森の闇の中からお爺さんが出てきて、坂道を転がるように近づいてきた。

わたしには、その時一つの謎が解けていた。やはりお爺さんにも影法師がないのだ。

「弟が大変なことに。もう動かへん」

弟の体にも影法師はないのに、真っ赤な影ができたみたいに血が広がっていった。

単なる影だと思っていた存在が、しだいに重い存在になってゆき、岩の中の闇と同じような質量の闇になっていったのだ。弟はその重量に耐えられなくなって落ちたのだろうか。

それからお爺さんは何も語らなくなった。永遠に語らないのかもしれない。そういう人には一方的にでも話し続けるしかないと思った。

「本当は、お爺さんは僕のお爺さんでしょ。おばあさんから聞いてけど、お爺さんは水夫長さんで偉い人で、船と一緒に樺太沖に沈んだのでしょ。でも、船長さんでなかったので船から逃げようとして、航海日誌を自分の部屋に取りに帰った。そしたら、船が傾いて重い鉄の扉が閉まってきて、足を挟んでしまったのだよね。それで、水夫たちを呼んでノコギリと斧で自分の足を切断するように命令した。でも、どうしても、足が切れなかった。でも、それは誰も悪くないんだから、許すしかないことだよね。誰も悪くないのに人は死んでゆくんだ」

わたしは泣きながら、お爺さんの足元を見た。山杖をついているお爺さんの右脚も杖のように硬直していた。

「お爺さんは足がないから、自分の義足を作るためにこの山に帰ってきたんでしょ。だから、この山でいつまでもさまよっているのだ。それくらい、僕には言葉があるから言葉が教えてくれた。ねえ、お爺さんは僕のおじいさんなんでしょ。だったら、僕の弟を生き返らせてください。お爺さんみたいに生き返らせてください」

するとお爺さんは弟を見ながら、とうとう返事をした。

「ああ、死んでしまった。せっかく会えたのに会ったとたんに死んでしまった。そうだよ、よくわかったね。おばあさんに教えてもらったのか。そうなのか、お前は賢いなあ、お爺さんはなあ、自分の記憶がどれだけ残っているのか確かめたくて、お前に会うんだよ」

「ええ、記憶が遺伝するの。そんなこと習ってないよ。でも、もし遺伝していたら、僕はもっともっと悲しいと思うよ。絶えられないほど寂しくて、絶えられないほど苦しくて、それだけで僕はきっと死んでしまうよ。だから、絶対に記憶は遺伝しないと思うんだ。だからお爺さん、どこにも行かないで、遺伝じゃなくて僕に話して、弟とも話して、おねがい」

「ああ、いいとも、お爺さんはいつまでもあの森の中にいて、お前たちを待っているから」

「でもどうなるの、あの森はそのうち消えてしまうんだよ。三ノ宮からバス道ができたら、あの森は消えてしまうよ。そしたら、お爺さんとはどこで会えばいいの。あ、急に思い出した。これはおばあさんの記憶の記憶なのかな、僕が聞いた話なのかな、忘れてしまったけれど、あの森には記憶が詰まっているといっていたよ。僕は何度もあの森に入っているから、こうやってお爺さんの話はもう僕に遺伝しているよ。だって楽しいことも悲しいことも森に入ると思い出すよ。鳥も虫もそうなんだって、鳥たちの記憶も虫たちの記憶も大脳がないから森が預かっているって、おばあさんから聞いたよ。だから、あの森に行けばお爺さんにも弟にも会えるはずだったのに、あの森が消えるなんて、自分が死ぬのと同じだよ。あの森が消えると僕のすべては消えてしまうんだ」

お爺さんは、また黙り込んでしまった。

「お爺さん、お爺さん、そんなに泣かんといて。会いづらくなるから。僕が泣いても泣かんといて」

するとおじいさんは振り向いた。

「泣いているのは森だな。わしには帰る海がある。ところが森はどこにも帰れないんだよ。だから、森が泣いているわけだ」

弟は二、三日入院して帰ってきた。きっと、あのおじいさんが弟をよみがえらせたのだ。しかし、よみがえった弟は以前の弟とはどこか違っていた。おそらく、よみがえったキリストにもブッダにも影がないのだと思った。大人になって人の足元を見るのは、その人に影があるのかないのかを確かめるためなのかもしれない。

やはり、弟には影法師がなかった。

6 狼橋

狼橋の下の切り通しのレンガの壁にはところどころにひびが入っていた。今のわたしは地震の傷跡を見るのが好きだ。傷というものは塗り固めても消えるものではない。一度割れた傷はいつまで経っても動いている。上からいくら塗っても傷は広がってゆく。知らないうち起きた地震の傷は深くて震源地は地下十キロ以上だから、割れ目はその先まで続いている。

わたしはそこにそっと耳を当ててみた。永遠の過去から風が吹き上がる音が聴こえてきた。しかしそれが切通しのレンガの壁を吹き抜ける風の音だとわかった時、水色の雨が降ってきた。この辺りでは光り輝く雨降りといものがある。雨が降ると真夏の太陽がジリジリと水を吸い上げていた。

　街の人はこの辺りを通って登山道に入っていった。裏山は山脈だが森と谷が山麓に手の指のように連なっていた。深い森に迷い込むと子供や老人は出られなくなることもあった。森から出られなくなったら百年たっても出られない。だから、子供のわたしがそこに入ったことは今でも秘密なのだ。そこに墓石があったことも誰にも言ってはならない秘密なのだ。しかし、街の人にとっては登山道に向かう道はあってないようなものだ。決まった道なんてないから登山者はよく近所の家の庭や畑にも迷い込んだ。それでも池と墓石のある秘密の森は藪が深すぎて誰も入ることはなかった。だから、この辺りの住民は街の人から登山道を聞かれると嫌な顔をした。

「道はないよ。この先は行き止まりです」と答える人が多かったし、「この先行き止まり」という手製の白塗りの看板を電柱に貼る人も多かった。森の緑は下の方から白いもので塗り込められていった。それが人間の所有というものだが、その一方で昔からの自然の森は死霊が所有しているように思えた。

　西に抜けるには欄干のない狼橋を通ってはならなかった。西に行くには長尾峠を抜けなければならない。そこを通ればやがて須磨の海が見えてくる。狼橋の先には蛇の木峠があり、その先には森の闇しかない。このように当時子供だったわたしが理解できるのは、多分お爺さんの記憶が遺伝しているからだ。

狼山や狼峠の地名は昔の大神の名前から来ていた。大神様は竜神様と同じように水流を守る神様だ。撫でるような風に吊られて丘陵地隊をすり抜けて神撫山まで登ると水の龍神様は風の大神様に変わるのだった。風が吹いて身体がねじれて吹き飛ばされるような昔話を見送った。すると、ふと振り向いて海を見たくなる。しかしそこからは海なんて見えないのだった。

森の向こうにはまた森が見える。

森は確かにたくさんのことを記憶している。わたしの覚えている白い町の記憶も森から見た風景だ。町は丘陵地帯にできた非常に複雑な構造で、その記憶を理解するためには立体的に考えなければならない。それは谷と峰が入り組んだ構造で、あちこちの峠の切り通しを越えると急に景色が変わった。自宅からは大阪湾が見えたが、長尾峠を越えると淡路島が見えると言った具合に。長田という地名は「ちょうでんせい」という古い区画整理の名残らしいが長い田は平地から階層を重ねて谷合まで続き谷と谷は隔離され、谷の水脈がそのまま村の人脈となり、村人はめったに谷を移ることはなかったみたいだ。川の流れに沿って神社仏閣が連なり参道ができ商店街もできた。峰々が縦割りの村々を補完し続けた。その区分が今ではそのまま地名の区わけになったみたいだ。

海の見えそうな丘は峰のずっと先にしかなかった。なんらかの理由で峰が山から切り離されて丘になったと思われる。峰を分かつひとつの理由は昔の街道だった。このあたりでは東西に移動するには峠を越えなければならない。

当然ながら街道ができると山の水脈が切れる。水脈が切れると田園は不毛の笹原になった。その後も笹原はどんどん増えていった。

海原のような笹原に初めて入ったのは少年探偵団に連れられて行った時だが、わたしの頭は笹の葉に埋もれて溺れているみたいだった。緑の笹の葉の下はいきなり灰色の世界で、そこだけ時間が止まっているみたいだった。千鶴子ちゃんがすぐに見えなくなった。笹原は風に根元まで洗われて誰でも溺れる海であり同時にその底は砂漠みたいだった。そこから首を出していると髪を撫でる風の音ばかりがきこえてきて、昔の人はそのあたりを「かんなで」の地と呼んでいたが、「神撫」なのか「髪撫」なのかよくわからない。遠くの山々を見ていると西陽が峰々のあたりで金色に縁取られ、何者かが天から降りてくる気配があった。それらに見とれていると笹原の中には忘れられた古井戸が隠れていて、ポッカリとあいた暗闇が地の底まで続いていて、巨大な笛の音となって鳴り、風の歌は地の底からも聴こえているのだった。千鶴子ちゃんは倒れこんで井戸の底を覗き込んでいた。地底深く闇の中に海が見えた。海は海原から闇にもぐり大地の奥の闇の中にまで続いていて、井戸から数百メートルも下に怪しい光を放ちながら落ちてくるものを待っている。海の音と風の音と繋がっていた。

「落ちたら死ぬわ」と振り向いた千鶴子ちゃんの顔をしげしげと眺めた。

そもそも井戸があるのはそこに水が流れてこなくなったからだった。やがて井戸も枯れて笹しか生えなくなっていた。

「落ちたら、途中で幽霊になるわ」

少年少女探偵団の中には実際に井戸で幽霊を見たという子が何人もいた。

「見たのは、決まって雨が降りそうな夕方で、井戸の上にポッと人魂が上がっとった」

「それだけやったら、幽霊やないやんか。井戸の中をじっと覗いとったら、井戸の横に幽霊が立っとったんや。ほんなら、急に気が遠くなって井戸の中に落ちかけた」

一度だけ井戸の底に自分のかおが映っていたことがあった。地獄の底からおいでおいでと自分を呼んでいる自分がいた。

「それはほんまやと思う。あの原っぱはなあ、もともと溜池やったんや。それが干上がったんで土砂を運んで畑にしたんやけど、池の底にはずっと何百年もの枯れ草がたまっていてな、それが腐ってメタンガスになって土の中にたまっとって、低気圧になったら土の中のメタンガスが井戸から空に出てくるんや。ガスは井戸で燃えていても昼間は見えへん。

夕方になると炎が見えるんや。ほんで、匂いがないからそれを吸ったら気絶するんや。そのまま井戸に落ちて埋まったもんもおる。ほんまやで、お父さんがいうとった」

街から登ってきた若者たちには海の見えそうな丘は恰好の休憩地だった。笹原ではなんでもできた。塵紙というものがあちこちに散っていたので少年のわたしは注意深く笹原を歩いた。笹原は風を受けて海原のように波打っていた。緑色の海原にはときどき男と女が泳いでいるのが見えた。彼らの行動を見ていたわたしには不可解な排便を二人でやっているとしか思えなかった。

この吹きっさらしの笹原は海を見ながらくつろげる所ではなかった。というのも、観音山という禿げ山が海の前に立ちはだかっていたからだ。観音山は親の仇のように削られていた。もし、この小山がなかったら、この辺りの笹原はとっくに住宅地に変わっていたはずだった。それでも観音山は半分くらい削り取られて、公園になっていて、削った後に池田小学校と観音山長田図書館ができていた。

つまり、観音山こそがもともと海の見える丘だった。井戸のある笹原からも少しは海が見えるように、観音山はちょうど良い高さまで削り取られていた。それほどに海の見えない丘は不吉だった。

「観音山には行ってもええけど、裏の笹原には行ったらあかんよ。笹がふかくて迷子になって井戸に落ちるから」

というのが母の口癖だったが、だめな理由はそればかりでないことがわかったのはある夜だった。

その日は、珍しく堀田敏彦と神月光が笹原に登ってきていてふざけあっていた。二人は笹原の端に船の舳先のような所で焚き火を始め、空気銃で撃ち落としたムクドリを数羽焼き始めているところで、その前を通りかかったわたしを呼んだ。

「なんや、鼻がええなあ。嗅ぎつけてきたんか」

「いいや、通りかかったところや」

「なんでもええから、こっちに来てスズメでも食べ」

「ぼくは、ムクドリがええわ」

年上の二人の顔は焚き火に浮き上がり、普段の顔とは違い悪霊が乗り移ったように見えた。遠い街の光が火の粉に重なり時々風が吹いて暗黒の中に舞い上がっていた。訳のわからない怒りのようなものが火の中から湧き上がり二人の顔をなぶっていた。二人はボソボソと喋っていたが、腹の中から溜まっていた憎しみの感情が湧いてくるみたいだった。

次第に言い争いになってゆくのがわかった。神月光の姿は焚き火の光を浴びて、見得を切る役者のようにひらひらと燃えて見えた。和服姿の下は赤い下着か赤い褌かわからぬままのものが割れ、その間から白く細い太ももが見えていた。

「お前はなあ、うちの親父に水を止められてできた子なんや」と敏彦が光に言った。その意味はなんとなく分かった。両家は絶えず水脈のことでもめていて、堀田家は神月家に貸した金を取り戻そうとして、とうとう水を止めてしまったのだ。それから堀田敏彦の父親は借金を返せないのなら娘をよこせと下の娘を強姦したらしい。この話は祖母から何度となく聞いていたので、このむごたらしい物語は何度も思い出しては吐きそうになっていた。わたしには中学時代にサルトルを読んだ記憶がある。サルトルの嘔吐の話の記憶があればその記憶が理解できるのは大人になってからだ。子供の頃の記憶は大人にならないと理解できないのだ。

だから、「水を止められてできた子なんや」という言葉は、相手を倒すようなとどめの言葉に聞こえた。知らぬ間に井戸の中に水の子供のようなものが押し上げてきて、彼らが投げ込んだ木の炎で踊り上がりそうに思えた。わたしは恐ろしくなって人を呼びに行こうとしていた。このままでは殺し合いが始まるのではないかと思った。家まで走って帰ったが、安堵感で何事もなかったように勉強部屋に潜り込もうとした。なぜか何も言えないままでいると、母と祖母に呼び止められて風呂に入る準備をさせられた。

わたしは風呂に入る前にがむしゃらに食べたが、それが空腹によるものか恐怖によるものかわからなかった。それから水でも浴びるような冷たい風呂を済ませておとなしくしていた。一時間ほどラジオを聴いていた後だった。玄関のガラス戸を激しく叩きながら見知らぬ女が飛び込んできた。泣きながら「電話を貸してください」と玄関の床に倒れ込んだ女性は見たこともない街の人で紫色の香りに包まれていた。大人の女の乱れる美しさにわたしは目を奪われた。

あの笹原で何かがあったらしい。しばらくするとどこかで見たことのある男がぬうっと玄関に立っていた。やけに艶かしい男の顔で、女を喰った後の夜叉のようにもロカビリー歌手のようにも見えた。ガラガラっと玄関のガラス戸を引いたのは神月光だった。「なんで鍵をかけへんの」と祖母が叫びかけたが間に合わなかった。神月光が女を追ってやってきたのだ。見ると光の顔は真っ青であった。

7 神月光《こうづきひかる》

女は怯えて、しがみつこうとして母の袂を掴んで引き寄せていた。

光は血走った両眼で女を睨みつけていた。悪魔が家に乗り込んできたのかと思った。闇から飛び出した男は片手に鼻緒の切れた下駄を持っていて、もう片方の手で着流しの裾をめくって裸足の素足を玄関の板の上に乗せていた。ちらりと足が覗き、ひらひらとした白い布が太ももに張り付いていた。

流石に役者らしく、欲望を演じているように見えて、実は欲望そのものだった。

「こい！」と叫んだ。

「いや！」と女も叫んだ。

「神月さんの息子さんやないの、光さんでしょ。急に大人になってわからなかったわ。立派な役者さんになったんやてね」

母は後退りしてから男の顔を見つめた。

「ああ」と男の顔は近所の青年の顔に戻った。

「このお嬢さんになんの用があるん。こんなに怖がってるやないの。何があったんか知らんけど、今夜は帰りなさい。」と母は紫色の女を後ろに隠そうとした。女の顔はやっと若い肌色の娘の顔に戻っていった。

「会おうとしたのはお前やないか。峠の上に俺がおることわかって来たんやろ」

「この人は、いつもわたしを待っているんです。だから、わたし、あちこち帰り道を変えてるんですけど、今日はとうとう捕まったんです。峠の上で捕まって、笹原までひきずられて……」と泣き出した。

すると、祖母が後ろに腕を組んでこの騒ぎに顔を出した。怒りのためか、首が左右に細かく震えていたので声も震えた。

「何ということをまた、本当に親子で同じことをして。あんたのお父さんもこんなことして、あんたが生まれたんやで」と光に言った。

それだけ言うと、祖母はさっさと奥の部屋に引き上げた。その時のわたしにはその意味がわからないので、ポカンとして神月光の顔を見た。次の瞬間であった。また玄関のガラス戸がガラガラと開いて堀田敏彦が入ってきた。女は彼にしがみついて泣きながら言った。

「あんたを探しに言ったら、この人に襲われた」

「ああ、わかってるよ。だから懲らしめてやったのに、逃げたと思ったら、この始末か。好きでもない彼女にこんなことをしてどこが楽しいの。俺が黙っているとでも思ってるのか?」

わたしはぽかんとして事の成り行きというものを考えた。光は敏彦の恋人だと分かった上で彼女に襲いかかったのだ。

その行為には愛情や友情の代わりに軽蔑と憎しみがこもっていることは子供のわたしにも分かった。

この辺りの溜池では泥の中から蓮の花が咲くのは当たり前のことだが、神月一家の神月光は泥田の蓮の花であった。舞台化粧を落としても雰囲気だけはそのまま残る。間の取り方、話の中の顎の引き方、すべてが魅力的であった。昔から続く農家からいきなり役者が生まれることに皆んな驚いた。しかし花はそのように開くのだ。そのように開くのが花なのだ。

「早く家に電話しなさい」と母は娘にいった。母の手はうずうずとして、繋がった電話の受話器をすぐに取り上げて極めて事務的に、まるで婦人警官のようにてきぱきと、すぐに娘をここまで迎えに来るようにとだけ言った。

まるで関所破りの時代劇が始まったようだと回想できたのは受験生になった頃だった。関所を破って美女が出ていき、恐ろしい殺し道具がどこからともなく飛んできた。神月光は黒光りする鉄砲のように笑った。

美しい女性は板宿に帰るところだとわかった。この辺りには本当の関所はなかった筈だが、板宿という地名は峠越えから須磨の関守に向かう仮の宿のようで、この板の宿の女性には不思議な幻想が膨らんだ。千鶴子ちゃんを森や笹原に連れて行ったらいけないという意味が少しわかりかけていた。

神月光が待ち伏せするのは女性ばかりではなかった。中学生時代から同級生にかたっぱしから決闘を申し込み、ボクシングのグローブや木刀を二人分揃えて一本道で待ち伏せしていた。この話は七歳上のわたしの姉から聞いた。姉は困ったことに神月光の妹と同級生で、他にも神月光の情報を運んできた。弟として確信できることは、姉は神月光にかまわれたいと思いながら相手にされず、その寂しさからか神月の家に学校の帰り道に立ち寄っていたことがある。堕落した人間性に幻滅することなく、そこに魔性を見つけて育てようとしているみたいだった。神月光にはそのようにして魔性しか育たなかった。

神月家は西代中学の下に稲田を持っていたが、半分が休耕地となり神月家は牛の匂いのする農家風の谷筋の一軒家になっていた。谷の入り口にあり、昔は峠越えの人のたまるところであった。わたしはこの家に上がり込んで知らない人と夕食を食べさせてもらうことがあった。

黙って大人たちの話を聞くことはテレビのない時代には楽しみだった。

「問題は水脈が切れかけていたことやな。何しろ、この辺りには沢山の溜池があったが、それらの池の埋立地に次から次に小学校や中学校が建ったことや。そやから、池とか田とかの字を含む地名がそのまま学校名になって残っておる。神体山の水脈をこれほどまでにずたずたに切り裂いたからには、きっと龍神さんの祟りがある」

と目をギラギラさせたなら言ったのは神月さんのお爺さんだった。

「その祟りが化け物になって光さんに現れたんや」とわたしは姉の受け売りで言ってし

まった。

「この子ったら、すみません」と姉を迎えにきた母が驚いてわたしの言葉を打ち消した。

母は本当のところ困っていた。やることも言うことも子供とは思えないわたしには誰かの霊が乗り移っていた。

誰かの記憶が遺伝してわたしを語らせている。このような世界にわたしは確かに生きていたみたいだった。

「この子ったら、おじいさんの言ったことを自分が言ったことのように思っているんですよ」

「え、どこのおじいさんだ？　まさか、このわしの言ったことか？　光に言ったことか？」

「いいえ、ちがいますわ。狼山のあのおじいさんですよ」

「そうか、すると光の父親のことも、わかってるのかな」

「それはまだ無理ですよ。わかっているのは光さんだけですよ」

「そうかもしらんな。この子にはまだわからんやろなあ。それにしても、あんたはえらいな。堀田の家との間に立ってくれて、特に光のことでは」老人は時々わたしの目を目で盗むようにしゃべった。

実はわたしは全てのことが全てわかっていた。祖母は平気で嘘を強要していた。この話は全て祖母から聞いていた。「自分からこの話をするんじゃないよ。でも口がすべってって言ってしまった時には狼山のおじいさんから聞いた話だと言いなさい」と、わたしを暗示にかけた。

だが重大問題だと思ったのは、腹違いの弟がいるということを敏彦が知らないことだった。

神月光の本当の父親は堀田敏彦の父の堀田敏一なのだ。つまり、光と敏彦は兄弟なのだ。すでにその頃には、神月一家はとっくに農業に見切りをつけていた。神月という舞台向きの名字が幸いして、神月の母親が新開地に旗揚げした大衆演劇の一座はなんとなく成功した。多くは見得を切って見せるだけの時代劇であったが、見得の切り方だけで成功した。彼らの必殺技は演劇以外でも見受けられ、演劇さながらのチャンバラを新開地での勢力拡大にも繰り広げていた。一家を支えているのは光と母親で親父といえば金勘定の裏方で光に寄り添う影法師のような存在であった。座員が彼のことをハゲとかカゲとか呼び捨てにしても、母親の照子も光も気にしなかった。

だが本当の影は水の中にあった。地下水脈のように神月一家には芝居を地でゆく喜劇と悲劇が待ち兼ねていた。光は女型の女たらしで、高校生の癖に新開地の至るところに子種を撒き散らしていた。赤い裏地をチラつかせながらの変わった襦袢姿で新開地をカラコロと下駄ばきで物色し、素人玄人を問わずに片っ端に落としていった。女に惚れるわけでもなく、ナルシストの光は「なんで、俺に惚れんのや」という気概を懐にまるで短刀のように抱えながら、その下の長い尺をおっ立てて風をきって歩いていた。光は刀のような短刀でりんごの皮をむき、身を剥がして口紅の口に運んでいた。そのあと、同じ短刀で女の腰紐を切り、下着を腰のあたりで切り裂いて長い舌で舐めまわした。ということの話は狼山のおじいさんから聞いたことになっている。大人たちが話す仮面の裏側にはざわざわとした叫びとささやきのような汚れた水が流れていて、わたしが聞き耳を立てているうちに、わたしの両耳はカフカの耳のように立ってしまった。

「よくもまあ、ヤクザに刺されずに生きてるなあ」と座員やファンは心配していた。

「あんな豚役者は、豚池に戻って豚にちゃんと育ててもろたらええんや」と老舗の集まる新開地商店街の悪口も聞かれた。

「へー、あんたもきついこと言うなあ。豚を育てるんと違うんかいな。そういえば、最近豚の匂いがするな」

それは嘘ではなかった。堀田家に水脈を切られた神月一家の水田は近郊野菜を育て始めたが、それでも水が足らず養豚を始めた。

ところが、意外にも養豚には大量の水が必要で、神月家はさらに堀田家を恨むようになってきた。

8　死刑契約

父は洋画が新聞で紹介されるとわたしを新開地に連れて行ってくれた。地元や旅回りの劇団が一座を作って湊川の水脈に沿った商店街の東西に大衆演劇の旗を揚げていた。父にとっての芸能は仕事の合間に挟む笑いも涙も単なる遊びごとであり、その延長線上に文学などの遊び人の道楽が続いていると思っていた。だが、家族が河原乞食の芸人を見下しながら楽しむのは良いが、小説を書くことなどはストリップ小屋の女性の演技の延長で、さげすまされる行為であった。食えなくなった農家は田畑を売り、そのうち娘も売りに出すということは祖母の話などを聞いていると子供のわたしにもわかってきた。具体的にそういうことがあったからだ。「百姓は水のためなら娘でも売りに出す」

そんな話が連日続くと少年少女は嫌が応にもその意味を理解してしまう。神月光は堀田のお父さんが神月家の下の娘を孕ませてできた子だという話は、祖母の話からなんとなく理解できていた。そんな話を聞いているうちに、わたしは肉体を消して哲学者か小説家になりたいと思うようになってきた。

いつからか、わたしと父の間には、ある契約が自然にできあがっていた。父はわたしが芸術を目指すことをことごとく否定した。画家や詩人や小説家の存在を疫病神のように恐れているかのように父はわたしを手元に引き止めて自分の分身であることを願った。つまり、自分の保険代理店の仕事の後継者として育てようとしていた。父にはそれ以外の夢はなかったのだ。その夢のためにわたしは父から愛されていた。しかし、わたしは芸術のために生きようとしていたので父の夢はわたしにとっての死刑宣告であった。言い争いの結果、趣味としての芸術なら良いと言うことになった。それは当然の生きる権利であったが、わたしが芸術の方から選ばれるはずもないと決めつけて、父は悪い道楽としてそれを許したのだ。

「その代わり、家に帰ったら、本を読んだり絵を描いたりするから、結婚もしないし、子供もつくらないし、自分だけの世界に入るよ」

「いいとも」と父は言って笑った。それくらいは誰もが家庭に持ち込む道楽の一つだと父はたかをくくっていたに違いない。しかし、次第にわたしは夜の時間には誰も入れない城を築き始めていた。わたしの城とはそういう拒絶の意思以外の何物でもなかった。誰もわたしの城に入れないし、わたしの芸術なんか認めて欲しくないのだ。城の中で何をしているのかさえ誰にも知られなかった。父は芸術を殺すことがわたしを殺すことだとは思っていなかった。

「僕はお父さんの作った墓には入らないし墓参りもしないよ」

「いいとも」と父はいったが、その言葉はわたしにとっては死刑宣告の「いいとも」であった。わたしは人生を放棄することにした。宣告されても処刑されるまで精一杯生きることにした。

これが父と子の契約であった。

新開地の楽屋伝いに逃げ回っていた神月光は本名の神月耕作と書き込まれた逮捕状で手錠をかけられた。

耕作は警察に渡されて裁判所から少年鑑別所に行ったが、父親の力ですぐに家に戻ってきた。ギラギラと目を光らせながら彼はその後も度々神撫山の登山道を登って家の近所までやってきた。家の前の畑の先には大きな惣谷池があった。その生い茂った蓮の葉の彼方から、彼は遠まきにこちらの様子を見張っているようにも見えた。池は今ならダム湖といえるであろう古い溜池だった。神月光はどうやら池の堤防を壊そうとしてやってきたらしい。神月親子は時代がかった水争いを目論んでいた。不思議なことに惣谷には川らしきものがなく、せいぜい小川程度の水流しか見つけることはできなかった。その昔、地下水脈の見つけ方はこの地では独特であった。水脈に沿って水根という固有種の植物が繁殖していたからである。水根はその根が水に溶けて地下水に流されて繁殖するという独特な繁殖方法を取っていた。しかし、その存在は学会が認定する前に絶滅してしまった。こういう話は世界中どこにでもある話で、世界は知らない星、知らない人、知らない話でできているみたいだ。消えた話によると、おそらく、元々は川があったが、長田制に基づく溜池がいくつも連続したために水流は地下に潜ったままになった。この神撫の地の水源は神撫山があり、その伏流水は狼山の森の泉となって身を隠し、そこからまた地下に潜って惣谷池、神月池、蓮池、五位の池、などなど続き、それぞれの池では池守とも呼ぶべき家系が地権を守っていた。水を出すや出さぬの争い事はそう豊かでもない山間部の農地では珍しいことではなく、その度に水根は血に染まり、そういう話は風呂敷にまとめて墓場まで持って行くことになっていたらしい。

夜になると小さな丘の森は海に浮かぶ島のようにも見えた。神月池には月が浮かび、水根の花が浮かび、惣谷池には森が浮かんだ。平地に近い蓮池や五位の池が蓮の花を浮かべていた。しかし、神月池は次第に枯れはじめて月も映らなくなった。惣谷池の上にある泉と墓のある小さな森の丘は大犬山と呼ばれていたが、後に狼山とも呼ばれるようになった。惣谷池は枯れ果てる前に豚池とも呼ばれていたが、猪か豚を飼っている農家があり、家畜を襲うのが狼山の狼だったらしい。しかし、この辺りにはいいかげんな人が多く、どこまでが本当の話なのか語り種なのかよくわからなかった。

池田の開発が進むと農地は水脈が切れ過疎の村となっていった。溜池は水脈をつなぐものであり、源流に近い溜池は森の中に隠れて忘れられていた。家の前の目に見える溜池はかなり上流のものだった。森に消えた休耕田や笹原に消えた休耕田を見ても水脈は切れている。入れ替わりに都市の水道網が逆流するように関東から人がやってきた。

谷の住人は主に関東大震災からの移民であり、長野県・富山県・山梨県・その他何処から来たかも定かではない人数である。わたしは学校に行くようになってから関西弁になったがそれまでは雑多弁だった。多方、この谷あいの寄り合い集落は堀田さんや神月さんなどの古い家系から見れば迷惑な移民であった。

おそらく大陸からこの谷に帰ってきた堀田家の方がこの辺りでは古い神撫人の家系で、神月家が畑地主であるのに対して、堀田家は山地主でより支配権を持っていた。なぜなら、この神撫の丘陵地隊では、その複雑な地形から昔から水争いが絶えなかったが。水脈を握っているのは、神月家ではなく大神に近い堀田家であることは明白である。堀田家は狼山を含む神撫の山麓一帯の田地を所有する大地主なのだった。堀田家が山麓の峠に切り通し道を一つ作る度に水脈はそこで切れて、休耕田や死に池ができたのだ。

長田制度からこれまでずっと続いている両家の対立はこの地では長田の源平合戦とも言

われ、あたかも両家は源氏と平家の因縁を背負ったままの豪族の血を引いているとも言われる嘘の話を楽しむ者もいた。

9　立体式養豚場

不吉な噂は堀田家に限られたものでもなかった。神月家にも良からぬ噂の原因となる残酷な立体式養豚場というものがあった。水を断たれて仕方なく生計を立てるために養豚業を始めたのはよいが、小屋はおそらく誰が見ても設計ミスとしか思えない代物だった。なんでも町工場の鉄工所に豚の逃げない小屋を作って欲しいという注文を出したらしい。出来上がった小屋は残忍な構造をしていて神月家の裏庭にあった。隙間だらけの建物は巨大すぎて階数が不明であり、大きさも不明に見えた。遠近感を失った僕は眩暈を起こしそうになっていた。近付くと、隙間から無数の豚の顔が見え隠れし、食うより他に楽しみはないという表情をしていた。近付き過ぎたために突然浮かび上がる豚の肌に僕は足をすくませていた。そこには、白い剛毛と便の匂いとの間から不思議な肉感が浮上していた。その無邪気な犠牲者が醸し出すのは、意外にも神聖な色彩だった。祭壇の天井は低く、彼らの身長に合わせてあり、餌も排泄物も、みごとな配管設備によって地上まで流れ落ちる仕組になっていた。豚達は無人飼育施設に満足そうであった。あまり人に見られることもなく、有り余る食料は誰に盗まれる心配もなさそうだった。丈夫そうな鉄パイプで包まれた豚舎には犬だって入れないはずだ。隣部屋の豚でさえ太いパイプに遮られて入ってこれないだろう。豚は子供の間にその中に放り込まれ、成長すれば永久にでられない仕組みになっているらしい。鉄パイプの周辺には高圧電線が巻かれている。屠殺の際にも何だか役に立ちそうな代物だ。

だが、豚の表情には何の不安も読み取れない。そこには、ホスピスで十分教育された末期症状の人間の表情には程遠いものがあった。この豚小屋のためにわたしの家の前の池は「豚池」と呼ばれるようになってしまったらしい。

その後も両家の噂は消えることなく続き、当時の悪い噂といえば、堀田家が山麓の峠を神戸電鉄に想像を絶する高額で売却するというものだった。しかし神戸電鉄にそんな金はなく、神戸市が市バス路線を山麓の東西に走らせて、北野町あたりから須磨海岸まで山麓一帯を一気に駆け抜けるべく新交通網計画を立てているという噂に落ち着いた。三ノ宮から福原京のあった名倉までは昔から街道があったが「神撫」と高取山あたりは複雑で、高取山は鷹取山とも神撫山とも呼ばれているが、地名はその地の利権者が付けるもので、たくさんの地名を持つこの辺りは昔から沢山の利権争いがあった証拠だ。神撫山と呼んでいたのは水源に近い惣谷の人々だけであった。

思い出したように神撫の地に帰ってきた堀田家が上流に陣をはられたとしたら神月家には腹に据えかねる思いがあったに違いない。神月光が長尾峠の道で悪義を働くのは理由のないことではない。

「源氏物語でもあるまいし、神月光なんて名前をつけた親の顔が見たいわ」

そういう笑い声が隣の縁側から聞こえてきたことがある。不気味な大人の笑い声で、冗談なのか皮肉なのか子供のわたしにはその時にはわからなかった。だから、忘れずに今まで覚えているのだ。

何かに引っ掛けて親の顔が見たいと言っているらしく、何だか深い含みがあるような、秘密を隠すような響きがあった。祖母は何やらその秘密を知っているような含み笑いを孫のわたしに見せていた。

しかし、どちらの家系も源平合戦には関係がないことは子供でもわかった。

わたしは神戸三世なので、かろうじて神戸っ子だが新参者の子である戦後ベビーブーマーで、池の奥の集落でまるで放し飼いの猿のように暴れまわっていたのである。それでも、堀田家の子供たちと比べたらまだましな方で、堀田千鶴子は平気で溝の水を飲んで「ああ美味しいわ」といったりして、わたしの気を引こうとしていたのか目の前で排便をしたがった。

脱サラの父は保険代理店を始めていて、阪神間を風のように走り回っていた。誰にでもおばさんのように話しかけて情報を集めて手帳に書き込む空虚な存在であった。わたしを連れあるく時などは、あちこちの商店で人を捕まえては愛想笑いをして金を集めては銀行口座に入れていた。わたしは父のことが理解できたが、父がわたしのことを理解できるとは思えなくて、いつも大人しくしていた。何も知らない父が自分の少年時代に重ねてわたしを自分の分身のように思っていることが悲しかった。

父は堀田敏彦に対しても神月光に対しても気軽に話しかけては返事をさせていたが、彼らもわたしと同じく理解されることを諦めて、大人に対する遠慮を見せつけていた。

「お前ら二人はよう似てるのう。まるで兄弟かと思えるくらいじゃわい」二人の青年と会うと決まって父はそう言っていた。

堀田敏彦はターザン映画と西部劇を新開地で見て帰り、樹上生活とライフルまがいの空気銃が関心の的だった。遊びといえば幌馬車隊とインディアンの戦いであり空気銃にも負けない本物の弓矢を作ることであった。空気銃で家々の雨樋を打ち抜き、弓矢で庭中のソテツやバナナの幹を撃ち抜いていた。隣の家の堀田敏彦はわたしの姉と同じ歳だが狂人めいた夢想でインディアン・ダンスを踊っていた。彼には千鶴子という妹がいたがわたしには危険な少女だった。三歳年下の彼女は突然わたしの腕に噛みついた。噛みつく理由がわからないので、防ぎようもないまま何度も噛みつかれて泣いていた。

「あの子は好きな子にすぐに噛みつくのよ。あれは愛情表現なんよ」と姉が友達と話していた。

堀田敏彦が高校生になった当時、わたしはまだ小学生だった。「としひこちゃん」と呼んでいたが、相手は空気銃と弓矢でわたしをたえず支配していた。敏彦をさらに支配しているのは散弾銃を持った足利修一で、雉を撃ち倒してナイフで切り裂き、串に刺して食べさせてくれたが、敏彦ちゃんは雀を撃ち落として醤油と水飴のタレで雀の焼き鳥を焼いて食べさせてくれた。初めて食べた焼き鳥は目を丸くする美味しさであった。雀や椋鳥の中からは半分空洞になった空気銃の弾が、雉や山鳥に中からは小さな鉛の弾がガリっと出てきて歯がかけそうになった。それでも小鳥の焼き鳥以上にうまいものをわたしはまだ知らなかった。鳥撃ちに飽きると堀田敏彦は進駐軍を撃ちたがった。人間の射撃は許されないが空想は許されていているようで何度か空気銃の銃口を向けられたことがあった。

「僕のお父さんはとても金持ちで、お父さんがいうと警察もいうことを聞くから、人を殺しても自殺したことになるんだ」

と笑いながらわたしに言った。

「この辺りの峠では大昔から夜逃げをしたり、駆け落ちをしたりする人が多かったので、殺されても長田警察は自殺にするんだ」

そう言いながら、敏彦ちゃんはトンボの目を回すように、銃口をわたしの目の前で回した。

「危ないやんか」

「お前なんか撃ってもおもろないわ。だから、顔の周りしか狙ってないよ。ほら、グラグラグラグラ目を回せ」

堀田敏彦は新開地に駐留しているアメリカ兵を空気銃と弓矢で襲うのだと言い出した。

「お前も用意するんや」

わたしは逆らわずに竹を薄く削り、何枚もそれを重ねてニカワで接着し、タコ糸を巻きその上からもニカワを塗って火にあぶり、逆エビに反らして強力な反発力を溜めた。

10　殺人鬼

堀田敏彦が死んだのはそんな夢想的武装蜂起計画の最中だった。池田小学校の帰り道でその日も不思議なおじさんたちが坂道を行ったり来たりしながら変な機械を道に当てていた。宇宙人が地下に隠れているのかと思った。その夜のことであった。おそらく問題の水脈が見つかったのだ。ラジオ放送は次のようにいっていた。おそらくその水脈は六甲山造山運動に加担する断層が地下に潜る際、釣られるように地下深くに潜り込み、マグマで沸騰して六甲の裏の有馬から噴き出しているのだ。このラジオ放送を誰かに伝えなければならないと台所に行った時だった。

「えらいこっちゃ、ほんまの殺し合いになったんや」と姉がいった。

「だれが」と聞くと、

「神月の息子と堀田の息子や」と応えた。

「うそ」

「うそちゃうよ。敏彦ちゃんのお父さんとお母さんが飛んでいったよ」

「どこに」

「長田高校の前の交番よ」

堀田敏彦は長田商店街のお好み焼き屋で仲良く神月光と酒を飲み、機嫌よく帰ってきたが、神月家の養豚場の前で殴り合いになった。

豚小屋の檻に使う鉄パイプで殴られた頭蓋骨は陥没ではとどまらず、中から脳がでるほど連打されて敏彦は死んだらしい。

「息子は豚小屋の前で豚のように殺された」と叫びながら敏彦の母親は髪を乱したまま交番に駆け込んだ。

母親の脳裏には息子の意識がそのままに映し出されたそうだ。

一瞬、稲妻が頭の中で光ったが、真っ暗になり、何も見えないので瞬きをしてみた。しかし、目を閉じても開けても真っ暗闇しか見えなかった。ただ、瞬きをする一瞬に黒い蝙蝠の翼が大きく世界と自分の間で羽ばたいた。真っ暗闇に真っ黒な蝙蝠が見えるはずはないのにと思いながらも大きな翼だけが動いて見えた。やはり、彼とはどこかで意識が繋がっていて、敏彦は真っ黒な蝙蝠に怯えながら最後に謎の言葉を吐いて息を引き取った。

「みんな兄弟やのに、なんで」

また、森の記憶がわたしに語りかけてきた。

その夜のことであった。わたしはこの騒動の中で深夜まで奔走する母についてまわり、わたしだけが先に家に帰ることになった。

明かりのない砂利道を一人で歩いていると、二つの光が見えてきた。どうやら二人の警察官が二人の若者の事件の調査をするために何かを探しているものだと思った。どうしても二人の間を通り越さなければならないが、次の裸電球の街灯まではまだ少しかかる真っ暗闇だった。振り向くと神月池には満月が映っていた。惣谷池にも月が映っているはずだ。

早く二人の警察官を追い抜こうとしたら、子供のわたしに向こうから声をかけてきた。

「坊や、一人かい」

「いいや、千鶴子ちゃんと一緒だよ」

見上げると、知らない大人の顔だった。

「おまわりさん、じゃないの？」と千鶴子ちゃんが聞いた。

「水脈調査員だよ。こうやって、地面の下に流れている水を調べているんだよ」

「へえー　スイミャクって言うんや」と千鶴子ちゃんが繰り返した。

「そうだよ。地下水脈と言うんや」とわたしも繰り返した。

「そうなんや。でも、おじさんたちは、どうして水兵さんの服を着ているん？」と千鶴子ちゃん。

「ああ、これか。こう言うことは、昔から水兵の仕事だよ。今回は亡くなった水夫長殿の命令です」

「へえーはじめて聞いた。でもどうして」とわたしは聞いた。

「海で死んだ人は家に帰りたくても水脈がないと家に帰れないだろう。だからさ」

そういえば砂利道には水が流れた歴史があった。そのあたりは砂利山で、所々に砂利の丘があった。それは堅く固まった砂利が蟻塚のように風雨にさらされながらそそり立っていて、子供の遊び場になっていた。砂利丘は簡単に穴が掘れるしなかなか崩れない。だから穴の中で砂まみれになって遠い砂漠の民になってみることもできた。砂の中に埋まっていると裸になりたくなり、汚れないように服をぜんぶ脱いでたたんで、素っ裸で砂浴びができた。気持ちが良くなってカラスが鳴くまでぼんやりしていれるところだった。

その砂利道にはそんな砂利丘から流れてきた砂以外に何も流れていないはずだった。

「でも、どうやって帰るの、泳げないでしょ。こんな砂利道の地下水脈なら」

「ところが、帰れるんだな。もう死んでいるからなあ」

「じゃあ、堀田さんのお兄ちゃんも地下水脈を通って家に帰れるの」

「そうだよ。誰だって通れるよ」

「じゃあ、僕の弟もお爺ちゃんもお婆さんも地下に潜って家に帰れるの」

「当たり前だよ。大昔から魂は岩の中でも水の中でも通れるよ。でもねえ、水脈がないと何処に行けばいいかわからないだろう」

「へえーそれって、話の筋みたいなものなの」

「そうだよ。坊やは上手いことを言うね。その通り文脈さ」

一人だけが喋り、もう一人の男はコウモリ傘を逆さにしたような水脈探知機をずっと支えていて字を書いているように見えた。大きな探知機はビクッ、ビクッと両腕を震わせていた。夜空の闇をかき回す怪獣のように楊梅の大きな枝が風に揺れていた。

わたしが二人の大人の間を通り過ぎて空に向かっていると、後ろの方で「ギャアー」と飛び上がる声がした。彼らはようやく水脈をみつけたのだ。水脈の先に人を沈めるほどの深さの土手が見えてきた。それを乗り超えると森の映る水面が見えてきた。

土手には水根という植物が所々に生えていた。千鶴子ちゃんはそれをグイッと引き抜いた。すると根の先から水が湧いて出た。

「だめだよ。千鶴子ちゃん。あまり抜くとどんどん水が出てくるよ」

「へんなの。水脈というのは水根が知っているよ」そう言いながら両手を合わせて水をすくって飲みはじめた。

「そういうことか。水根を探せば水脈がわかるのになあ」

「そうなんや。水脈というのは水漏れやなあ」と千鶴子ちゃんが言った。

土手を這い上がると、狼山は池に浮いているように見えた。ほのかな月明かりの中に見えたのは山の裾が闇でくっきりと区切られて池から浮き上がった狼山の姿だった。見ると池の中にはあちらにもこちらにも水脈調査員がいた。彼らは潜水服を着て狼山の裾まで進み、そこから浮き上がった島と水面の間の闇から狼山に入ろうとしていた。ああやって、水脈調査員は闇の中で水脈を探り当てながら狼山の泉までたどり着かなければならないのだと思った。

　すると、お爺さんが池の中を泳いでいるところがはっきり見えたのだ。

　父がわたしを馬鹿にするのはそういうところであった。

「おじいちゃんが、水脈をたどって帰ってくるよ」とわたしは嬉しそうにいってしまった。

「また、お前はそういうことをいう。樺太の鮭じゃあるまいし、それに、幽霊なんかいるもんか」

「幽霊のためにお墓がいるんとちゃうん。きっと幽霊は自分のお墓を探しとんやわ」

　わたしは父親の憂鬱な顔を見た。わたしは父を憂鬱にさせた。わたしが母方の死んだ祖父について考えることは、それだけで父に対する反感を表していた。だから、わたしは余計に死んだ祖父のことばかり考えるようにした。記憶さえ遺伝せよと願った。

　祖父のことを樺太の沖で死んだ鮭のように言った父には、ますます許しがたい敵意を覚えた。

　翌日の夕方に、また水脈調査員が二人で道を歩いているのに出会った。

「今から、坊やのお家に行くところだよ」と一人の男が言った。

「水脈調査員さんでしょ」

「違うよ。警察から来たんだよ」

「でも、お巡りさんじゃないよね。ピストルもないし、交番のお巡りさんじゃないし」

「何でも知っている刑事だから、安心するといいよ」

「へえ、刑事さんは何でも知っているの、でもどこから来たの」

「殺人事件だからね。県警本部からだよ。いろいろ調べなければいけないんだ」

でも、二人は水脈調査員と同じ服を着ているし、同じように懐中電灯で水脈を探しているようにしか見えなかった。

「刑事さんは水脈も調べるんでしょ」

「それは人脈だよ」と、もう一人の男がカラスのように笑った。

二人の暗い男はわたしが玄関を開けるのを待っていた。

「お母さん、人脈調査員さんが来たよ」

「県警本部捜査第一課の藤原と言います」と言いながら男は上着の内ポケットから手帳を見せて、それに挟んだ名刺を出した。

「昨夜の事件の動機を調べているのですが、何か思い当たることはありませんか」

「いや、別に。二人とも仲が良かったですよ。まるで兄弟みたいですし……」と言って、母は口をつぐんだ。

「そうですか、やっぱり酔った挙句の口論が原因でしょうかね」

「そうだと思いますよ。口論が原因なら当事者に聞くしかないと思いますよ。この家の者は誰も口論を聞いていませんし」

「やっぱりねえ。沈黙は金ですよね」

「刑事さん、そんなことおっしゃって、何をおっしゃりたいんですか。何か私どもが隠し立てをしてるとでもおっしゃりたいのですか」

「いや、そう言う意味ではありません。黙秘する権利はだれにでもあって、その権利は金に値するものだと言う意味です」

「そうです」とカラス刑事も後についた。

「知っていたら言いますよ」と母は口にハンカチを当てて口の潔白を示しているようにみえた。

「思い出したら、何でもいいですから、またご連絡ください」

わたしは、その時、自分が大人になったら何でも思い出して小説に書いてやると思った。そのためには全ての話を記憶して、その記憶の意味がわかるまで覚えていなければならないと思った。しかし、その時、悲しみが水脈となってどっと押し寄せてくるのを感じた。悲しみは風の脈となり水脈となり人脈となって流れてくるのだと覚悟を決めた。千鶴子が汚れた水を飲むのも悲しみの一つの表現だと思えた。わたしと同じ歳の死んだお兄さんに近づくために汚水で病気になった自分を見たいのだ。水脈を彼らの父親の成功から逆流させて、破滅の海に、井戸の下に見える地中の闇の海に流したいのだ。

それなのに、上のお兄ちゃんも死んでしまったのだから、悲しみとは死にたくなることだから千鶴子が死にたくなったらどうしようと思った。

11　神の様

一人は死亡、もう一人は再び少年鑑別所送りで堀田敏彦と神月光は帰ってこなくなったわけだが、殺人事件のあった池田惣町は陰鬱な哀しい住宅地になった。しかし悲しみの匂いはどこからも漂ってこなかった。煩わしさから逃れるように人々は家に篭り、誰とも口をきかなくなった。ただ、その前に隣同士の気やすさで堀田夫人は雪崩れ込むようにわたしの家にやってきて、愛しい息子の死に際の悲惨な状況を母に話していた。彼女が長田高校の前の交番に駆けつけたときには血だらけの息子はまだ生きていて、血の塊を嘔吐しながら「お母さん、お母さん」と呼んでいたそうだ。警官は喧嘩の通報で百メートルほど離れた神月さんの家の前に行くと神月光の父親も飛び出してきて、てっきり自分の子が倒れているると思ったらしい。ところが息子は山に逃げ込んだらしく抱き起こした青年は堀田の息子だった。駆けつけた警官と共に医者を呼ぼうとしたが、田んぼの中に呼ぶわけにもいかず、交番所までリヤカーに乗せて痙攣し続ける堀田敏彦を運んだらしい。そのことでも母親は怒った。

「人殺しの親と一緒になんで動かした」とわめいた後で「お母さん、お母さん」と泣き続ける息子を抱きしめようとして血飛沫を浴びた。息子の意識は蛍が消えるように引いていった。真っ暗闇の中に交番所の赤い丸い電球が一つだけ死の行方を照らしていたに違いない。

「よくもここにおれるもんやね」と堀田さんの奥さんは呪い殺すような声で神月家の前を通るたび、人に会うたびに囁き続け、百姓一家を池田惣町から追い出そうとした。もう農家が生活できる時代ではなくなっていたことも確かだったが、神月の田畑は荒れ果てて手がつけられなくなっていた。誰かが水を止めたらしい。

それはわたしが見た池田惣町の最後の水田で、すぐに草はらになってしまっていた。農耕用の牛も人と共に真夜中に消え去った。この谷では殺した人の家も殺された人の家も皆な山に飲まれて消えていった。畑地は笹原になり、そこからは海しか見えなかった。あとはすべて緑色一色だった。

秋になり、風が吹くと笹原の少し下はすすきの原が波立っていて、観音山の池田小学校には原さんという子供のくせに美人な少女がいた。わたしは彼女と二人がけの机の右に座っていた。ススキもササも揺れているので原さんのお腹ばかりが気になっていた。原さんのお腹は波のように揺れるに違いない。少しずつ近づいてようやく足の太さを測ろうといって足の付け根を両手で巻いたら、柳田先生に見つかって、「髙木くん、やめなさい」とキンキン声で叫んだのでみんながこちらに振り向いた。でも、後ろの二人は黙って僕の手を見ていたにちがいない。僕の小指が怪しく曲がるのを女の子の方が見ていたと思う。

その後ろの女の子というのは実は千鶴子ちゃんで、後ろで、

「殺してしまえ」といった。どういう意味なんだろうと考えた。

僕の共犯者になりたがっていたことは確かだった。お兄さんが死んでからというもの彼女は何かを殺したいと思っているのが、僕にわかっていた。たぶん、殺したいのは自分自身だが、自殺ではない。僕に犯されるということはまだ理解できないから

「わたしをぐちゃぐちゃに殺してしまえ」と怖い声でつぶやいた。僕にだけ聞こえるように。

それを聞くと、僕は原さんのおなかをぐちゃぐちゃに触ってみたいと思って股間がとんがってしまっていた。「犯す」ということは自分の気分と肉感で理解できた。

お母さんには「女の子の上に乗ったらいけません」と言われていた。

でも千鶴子ちゃんはわたしの腹の上に乗ってお尻をこすりつけるのが好きだった。挟みつけるようにしているので、下からパンツが見えた。

「あのね、わたし毛が生えてそうなの。だから漫画を読みながらさわるの」

「にいちゃんは?」

「アホか」といいながら自分でも気持ちが悪い話なのに、

「そんなこと人にいうな」といった。

「あのね。お兄ちゃんとわたしは共犯関係なのよ」

と千鶴子ちゃんは急に大人の女の顔をした。

恋とはそういうものかと子供心に気がついた。

「じゃあ、盗みあえばええねん」

「え?　お菓子?」と彼女はいった。

「お菓子隠してるやろ」

「どこに?」

「あとでさがし」彼女はにっこり笑って立ち上がった。

「あのなあ、僕のお母さんもお父さんと弟が死んだんや。そやけど平気やで。ほんまに平気でびっくりするわ」

「わたしのお母さんは、ずっと泣いている」

「もう泣かんとき」

「わたしは泣かへん。平気でびっくりするわ」

12 山麓線

「三ノ宮の神戸新聞会館から高取山麓を越えて板宿の五位の池までバス道ができるという話が神戸新聞に載ってるよ」

姉がすらすらと記事を読んでみせた。結局のところ、神戸電鉄が山麓に線路を引くというのは噂に過ぎなかった。

しかし、バス道の山麓線を通ると自転車でも容易に三ノ宮に行くことができる。だが、そのために小さな丘の森が次々に消えてゆくことは悲しいことであった。記憶を眠らすように土が谷を埋め、最後に人生を埋めてゆく。そして最後に土は時間を埋めていった。ブルドーザーという名前の怪物は、これまで山を支配していた緑の怪獣の中から突然あらわれた。

緑の斜面の中腹から黄色い土砂が吐き出されると、それに続いて長方形の分厚い鉄板が勝ち誇ったように輝いた。土砂は貨物列車を連結する時と同じ音を出しながら、張り付いた土砂はその音と共に谷底に落ちていった。

少年たちは慌てて藪を掻き分けて山道に飛び込んだが、光を放つ巨大な刃物を見失っていた。怪物は丘陵の森の黄土層に研ぎ上げられて眩い光を発していたが、今は低い呻き声を森全体に轟かせていた。

「何処へ行ったんやろ」

少年たちは恐る恐る近づいたが、誰もが仲間の背中を押そうとしていた。そのため潅木も倒れて、藪の隙間から戦車そっくりのキャタピラが現れ溜息と共に真っ黒な煙を吹き上げた。

見知らぬ男がブルドーザーを運転していた。男は少年たちに見向きもせず大木の根を掘り起こそうとしていた。少年たちは大きな根っこが谷底に転がり落ちる様子を期待した。大きな根の塊は何本もの山桃の木をなぎ倒すだろう。

男はブルドーザーの運転席から身を乗り出して大きな根っこの行き先を確かめていた。

男は逆光で真っ暗闇に見えた。

「あっ影法師が立っている」とわたしは思わず叫んだ。まるで闇の塊のように見えた運転席の男は夕陽に浮き上がり黄金の輪郭を輝かせていた。男の周囲に次第に闇が広がり、男も西陽が消えると闇に還っていくだろう。

少年時代のわたしにとって衝撃的な殺人事件は、起こるべきして起こった事件かもしれない。長田制の農業はその水脈を断たれて滅びていったのだ。だが水脈を断った真犯人は堀田家ではない。バス道を計画し不動産会社と共同で狼山を消して宅地を開発したり道を作ったりするのが行政なのだから、悪いことになったとは簡単にはいえない。神撫の地の溜め池はほとんど消えてしまって小学校や中学校になり、小さな丘は高校の運動場に変わっている。ただそれらの名前だけが残っている。長田に始まり観音山やら蓮池やら五位の池やら。

池は腐っていった。砕かれた建材やコークスがダンプカーから斜めに滑り落ちた。半分の量だけが水に沈んだ。老人が鍬を担いでやってきた。ゴミの山自体が彼の仕事だった。彼はゴミそのものになろうとしているように見えた。

一度消えた名前は二度と戻らない。だから、わたしが見ていた狼山や狼池は空想上の地名だと言われても仕方がない。世界は嘘とゴミでできているのかもしれない。何かが記憶から消えていた。

しかし少年たちは山麓線ができたことを喜んでいた。自転車に乗ると神撫山の登山口から三宮までも異人館までも行けた。わたしに取ってはその道は自転車レースのコースのようなもので、適当な坂道と不規則なカーブがつづき、バスに乗れば酔いそうな山岳コースはロードレーサー誰ものの恰好の練習コースになった。バス停は歴史を掘り起こすように歴史上の地名を連ねた。

13 暗箱の中のなめらかな回転

中学に行くようになってからわたしの世界は変わった。学年の席次で七番になったので父親が変速機付きの自転車を買ってくれた。それで三宮まで別勉(塾)に行くようになった。遠いので土曜日しか行けなかったが、ＹＭＣＡの会員になって英語クラスに入った。そこのホテルの食堂で外国人を見ながらハンバーグステーキを食べ、大人のように英語で話しかける変な中学生になった。キリスト教的ではあるがＹＭＣＡは六甲山の頂上近くにもあり、バックパッカーに憧れた。西代中学から長田高校には校区なので何もしなくても入学できた。平日は山に住み週末になると街中をうろうろしてアウトローのアナーキストになるためにジャズ喫茶に忍び込んで地下活動の薄闇で本を読んでいた。色々と浮世の味を覚えたが長田高校は退屈で何もすることがなかった。図書館を唯一の拠り所にして暗い受験生活に何もしないまま耐えるしかなかった。

何のために生きているのだろうかと中学から考えていたことをまた考えた。色々考えて自由のために生きるという一つの答えが最後まで消しきれなかった。全ての目的や目標は生きる理由にはならない。そもそも理由を考えなければ生きられないと思うことが誰かの理由に支配されている。生きるのに理由はない。自分勝手に生まれて自分勝手に生きて自分勝手に死ぬだけだ。神からも逃れて絶対自由の存在になる。いかなる理由からも解き放たれたいと思った。絶対自由とは無になることだとも思えた。これらの幼い思考が高校時代のわたしの全てであった。

14 水の恋

もう水脈調査員は見なくなった。全ての水脈は下水道に入れ替わり、川筋は人工的な暗渠で隠れてしまった。もう、この辺りから何が消えたのか、思い出すものも思い出そうとするものもいなくなっていた。だが、何かが消えたことは確かだった。

どの丘からも孤立して、ポツリと散歩に出かけて街を見下ろすしかない観音山は小学校の裏山で、一人用の丘とで犬以外の誰かと散歩する人の姿には滅多にお目にかかれない。

なんとなく、最後の丘と呼びたくなる丘で、なぜ観音山なのか、観音像でもあったのか、なぜ古墳の面影が残っているのか、わたしにはずっとわからなかった。

なぜ観音山なのかという疑問は祖母に連れられて海を見るたびに深まった。祖母は呆然と丘の上に立ち尽くし何も言わなかった。絵葉書の中のギリシャの小さな島の丘の上で、真っ黒な喪服のままいつまでも立ち尽くしているのは未亡人であった。少年のわたしは一瞬にして世界の構造がわかった気持ちになった。なぜなら、絵葉書は祖父の机の中から何枚も出てきたが、それらは絵本と違って自らの意思で語りかけてくるからであった。

おそらく、とわたしは思った。丘の名前からして観音像は何かの目印だったであろう。それはミロ島のヴィーナス像と同じかもしれない。もし、その昔、船乗りが丘を目指して帰ってきたときには、まず観音山を探すだろう。そこさえ押さえれば、惣谷村はその丘の奥にある。あとは記憶の通りの世界が夢のようにそこに存在するのだ。こんな話は学校で話しても誰もわかってくれないだろう。観音山とミロのヴィーナスを重ねるなんて寝言に過ぎないのだから。

でも、この海から見れば目印は観音山だという確信は一体誰の確信なのだろう。確かすぎる確信というものは、記憶が遺伝するかのように伝わる。現実に惣谷村が消え去ったとしても、記憶だけは現実を超えて伝わっていくのだと思った。記憶は現実をあてにしないからこそ確信の記憶になってゆく。観音山の上から見ていると、海は水平ではなく不安定な斜面のように見えた。神戸の海はいつも逆光で海が明るく白く輝くのは遠くの海から帰ってくるときだけだ。その時こそ港湾の建物も市街地も山の斜面の住宅街も光を溜めて白い光が輝く。

するとと祖母の姿は頼りなく、立ち上がった影法師のように虚無的で親とは違う距離感で、親が話せないような話を聞いて聞かせるのであった。

「あのなあ、わたしから聞いたというなよ。誰からも聞いたとも言えんし、誰にも話せん話というもんが、世の中にはあるんや。誰にもいうなよ。昔はなあ、このあたりは雨が少のうて、水乞いというのがあったんや。雨乞いはしっとうやろ。神さんに頼むことや。水乞いというのはそれと違うんや。川下の人が川上の人に頼むんや。わかるやろ、川下には誰がおる。お百姓や。川上には誰がおる。地主や。地主は水を押さえていて、それで百姓を支配できたんや。お百姓さんは水のためやったら何でもした。命の水やからな。それでなあ、昔はひどいことがあったんや。『水が欲しかったら娘を出せ』ということまでしたんや。まだお前にはようわからんと思うけどな、娘を手篭めにしよったもんよ。だーれも、見て見んふりをしてた」

「手篭めて何なん。何することなん」

「この間、神月の光が上の笹原で女の人に襲い掛かっていたやろ。あれや」

「だいたいわかるわ」

「そうか、わかるか。実はなあ、堀田の敏彦も神月の光もな、お父さんは一緒なんや。神月のお爺さんが水を回してくれと頼みに言ったら、娘を出せと言われてな。それで生まれたんが光や。かわいそうに二人は兄弟やのに、それを知らんのや。怖い話やろ」

「兄弟が殺し合いしたん？」

「そやけどな、兄弟やと知ってるもんが何人いてもな、『はい先生知ってます』なんて大人は言わんもんや。そのことを知ってるのは多分光や。殺された敏彦は何も知らへん。知らぬが仏で死んだほうが楽かもしれん。光は地獄を背負て生きてたようなもんや。そやから、あんな無茶ばっかり、ほんま、無茶な子や」

「この話は誰にもいうたらあかんのやろ」

「誰にもいうたらあかん。誰に聞いたて聞かれるから、誰にもいうたらあかん」

15 海

わたしはどうしても母に聞きたいことがあった。果たして祖母の言っていたことが本当なのかどうか、母に聞きたかった。

母と犬を連れて観音山まで散歩した時のことだった。

「お母さん、ここはなんで観音山と言うんやろ」

「昔はなあ、この山は二倍ほど高くて海からよう見えたんや」

「でも、ここは海から遠すぎる。ここから歩いて海に行こうとしたら、海はどんどん遠ざかるみたいや」

「昔から山をどんどん削って、海を埋め立てたからこうなったんや。陸地に見えてもあの和田岬は人工島やで。運河に見えるところはもともと海なんや」

「細い海峡なんやなあ」

「そうそう、あんたは上手いこと言うなあ。昔は海はすぐそこまであって、海から観音さんがよう見えたんや」

南の海も空も銀箔に包まれておぼろに見えて、空と海は瞼を閉じて水平線をなし、その先の地獄を隠している。海は豊饒で何もかも受け止めて優しい限りに見える。横にはお母さんがいて、優しく微笑んでいた。

「死んだ敏彦ちゃんと光ちゃんは、顔がそっくりやけど、兄弟に思えて仕方がないけど。もしかしたら、お父さんが一緒やったりして」

「そうかもしれないね。世の中には墓場まで持って行かなあかんような秘密はあるもんやからねえ」

「お母さん、みんなも言うけど、似てるのは二人だけやあらへん。なんで僕も三人兄弟みたいに似てるん。僕も同じお父さんかもしれへん」

「それは、敏彦ちゃんのお母さんも、光ちゃんのお母さんも、女にしかわからん真実というもんがあるんや。あんたは賢いからそのうちに本当のお父さんを見つけて問いただすやろな。お母さんはそれが怖い。敏彦ちゃんと光ちゃんが殺し合いの喧嘩をしたのもそのためや。あんたがそのことを突き詰めていったら、男同士の憎しみ合いで殺し合いの喧嘩になるかもしれへん。お母さんはそれだけが怖い。かといって、本当のことを言って自分の子供にその秘密は墓場まで持っていってくれとは言われへん。ええか、光さんのお母さんを孕ませたんは堀田さんのお父さんではないねん。あのなあ、びっくりしたらあかんで、三人のお父さんは、あの狼山のお爺さんや。あのスペードの形の鍬で土を耕しているけど、あの鍬は異国のもんや。あれは石だらけの砂漠で使う鍬や。あれくらいとんがってないとその異国では使い物にならへん」

「お母さん、その異国ってどこなん」

「堪忍して、お母さんにも分からへん。あのお爺さんは何も喋らへん。海みたいに喋らへん」

「人間って、喋らんでも生きていけるん」

「そやなあ、人間は嘘ばかりついているから、誰も喋らないのと同じことや。あのお爺さんには祈りしかない。祈りの言葉だけで喋る言葉は海においてきたみたいや」

潮が引いて、海がどんどん遠ざかるような、誰もが消えていなくなるような絶対的な悲しみにわたしは突然襲われた。

「お母さん、ぼくもあんな海で死にたいなあ」とわたしはつぶやいたが、それが言ってはならない一言だとは思わなかった。「僕は、お母さんがいるから、それだけで幸せだ」と先に言うべきだった。

桜を見ても死ぬほど幸せだし、海を見ても死ぬほど幸せになる。そういう幸せに満ちて発した言葉は「ぼくもあんな海で生きたいなあ」と同じ意味だったはずだった。

「海で死にたいなあ」は最高の歓喜だったはずだった。ところが母はぼくの言葉に息を詰まらせ、咳き込むように泣き出した。

「そんなこと、子供が言うものじゃないよ。死ぬってどう言うことかわかっているの、何もわからないのに死ぬなんて……海で死んだらお墓も入られへん」

と母は号泣しだした。

「もおっ……」とこみ上げる息に咽びながらいつまでも、いつまでも泣いた。

ぼくは言ってはならないことを言って、お母さんを悲しみの井戸の底に、永遠に深い悲しみの井戸の闇に突き落としてしまった。

母は父親も一人だけの弟も海で失った。失ったものがどれだけのものかわからないまま、ぼくは母が最も悲しむことを言ってしまった。

「すると、あのお墓を掘っていたお爺さんはどっちかなんや、海から水脈をさかのぼってきたんや」

「死にたい……」と苦し紛れにまた言ってしまった。やはり、幸せというのは嘘だ。大嘘だ。母の泣き声はさらに激しくなり、悲しみの水脈が丘の上から海中に一直線に走るのが見えた。

母は、夜になっても泣きやまず、何がなんでも泣きやまず、わたしと二人で悲しみを間に挟み抱きしめて、また抱きしめていつまでも泣いた。

「言えんことがいっぱいあるから、それをもっていくお墓がいるんや」

「それで、お爺さんはお墓を掘っていたんかなあ」

一つだけわかったことがある。お母さんは本当は死にたいのだ。だから、決して「死にたい」なんて言わないんだ。

「お母さん、ぼくは本当に死にたくないよ」それだけ言うのに朝までかかった。

あとがき

水脈をたどるように家族史をさかのぼっていたこれまでの作品では私は例えば祖父について語ろうとしていた。それは語れないまま祖父を呼び続けるだけの困難な旅であった。だが、ようやくたどりついた村では、祖父が私のことを語りはじめた。これからは私が語るのではなく彼に語らせることによりさらに自由に世界を表現できることがわかった。

高木敏克（たかぎ としかつ）
1947年7月神戸に生まれる。

著作
「暗箱の中のなめらかな回転」 編集工房ノア　1986年7月
「白い迷路から」 白地社　1989年10月
「港の構造」 航跡舎　2018年8月
「発光樹林帯」 澪標　2021年4月

同人誌
イリプス同人

所属
日本現代詩人会　兵庫県現代詩協会

現住所
〒653－0827 神戸市長田区上池田3丁目18番7号

神撫《かんなで》
二〇二三年一月十五日発行
著　者　高木敏克
発行者　松村信人
発行所　澪　標《みおつくし》
大阪市中央区内平野町二－三－十一－二〇二
TEL　〇六－六九四四－〇八六九
FAX　〇六－六九四四－〇六〇〇
振替　〇〇九七〇－三－七二五〇六
印刷製本　株式会社ジオン
装幀・DTP　山響堂 pro.